盱江医药廉洁故事

XUJIANG YIYAO LIANJIE GUSHI

盱江医药文化丛书

左国春　罗伽禄◎编著

江西高校出版社
JIANGXI UNIVERSITIES AND COLLEGES PRESS

图书在版编目(CIP)数据

盱江医药廉洁故事 / 左国春,罗伽禄编著 . -- 南昌:江西高校出版社,2022.11

(盱江医药文化丛书)

ISBN 978-7-5762-3422-0

Ⅰ. ①盱… Ⅱ. ①左… ②罗… Ⅲ. ①故事—作品集—中国—当代 Ⅳ. I247.81

中国版本图书馆 CIP 数据核字(2022)第 203057 号

出版发行　江西高校出版社
社　　址　江西省南昌市洪都北大道 96 号
总编室电话　(0791)88504319
销售电话　(0791)88517295
网　　址　www.juacp.com
印　　刷　江西千叶彩印有限公司
经　　销　全国新华书店
开　　本　700 mm × 1000 mm　1/16
印　　张　10
字　　数　150 千字
版　　次　2022 年 11 月第 1 版
印　　次　2022 年 11 月第 1 次印刷
书　　号　ISBN 978-7-5762-3422-0
定　　价　49.00 元

赣版权登字-07-2022-1149

丛书编委会

习近平总书记在党的二十大报告中强调，要加强新时代廉洁文化建设，要清清白白做人、干干净净做事。今年5月，在庆祝中国共产主义青年团成立100周年大会上的讲话中，对于青年工作，习近平总书记指出："要培养担当实干的工作作风，不尚虚谈、多务实功，勇于到艰苦环境和基层一线去担苦、担难、担重、担险，老老实实做人，踏踏实实干事。要涵养廉洁自律的道德修为，心有所畏、言有所戒、行有所止，不断锤炼意志力、坚忍力、自制力，做一个一心为公、一身正气、一尘不染的人。""青年者，国家之魂。"习近平总书记寄厚望于青年。对于青年的廉洁文化建设，尤其重要且紧迫。中共中央办公厅今年2月印发的《关于加强新时代廉洁文化建设的意见》也指出，党中央高度重视廉洁文化建设，强调要以先进文化启智润心，以高尚道德砥砺品格；要结合实施中华优秀传统文化传承发展工程，汲取崇德尚廉、廉为政本、持廉守正等传统廉洁文化精华，增强文化自信和历史自信。

文化是一个国家、一个民族的灵魂。文化兴则国运兴，文化强则国家强。习近平总书记在党的十九大报告中指出："没有高度的文化自信，没有文化的繁荣兴盛，就没有中华民族伟大复兴。"东汉著名学者王逸曾说："不受曰廉，不污曰洁。"简言之，廉洁之意就是清白高洁。廉洁文化建设是一项长期的、艰巨的、复杂的系统工程。习近平总书记曾说："青年的价值取向决定了未来整个社会的价值取向，而青年又处在价值观形成和确立的时期，抓好这一时期的价值观养成十分重要。这就像穿衣服扣扣子一样，如果第一粒扣子扣错了，剩余的扣子都会扣错。人生的扣子从一开始就要扣好。"因此，廉洁文化建设应从少年、青年时抓起，从校园抓起。

高校作为知识群体的汇聚之地，是建设先进文化的重要阵地，承载着人才培养、科学研究、服务社会、文化传承创新的功能，担负着提高全民族思想道德文化素质的重任。所以，加强高校廉洁文化建设，发挥好高校在净化社会风气中的带动和辐射作用，坚持为党育人、为国育才，具有十分重要的意义。然而，当前高校对廉洁文化建设的重要性还缺乏深刻认识，未能将廉洁文化与大学校园文化建设、师德师风建设、校风学风建设等有机融合；对廉洁文化的内容挖掘提炼不够，廉洁文化的影响力和感染力有待进一步增强。因此，加强廉洁文化建设，是当前高校干部廉洁从政、教师廉洁从教、学生廉洁修身的关键举措，对全面提高师生思想政治素质有着至关重要的作用。

那么，如何加强学校廉洁文化建设呢？我们根据学校实际，紧扣中医药类院校特色，着眼于为基层培养技能型中医药和卫生人才的办学定位，充分挖掘区域中医药（旴江医学和建昌药帮）文化内涵，着眼于传承好中华民族优秀传统文化在廉洁文化建设中的当代价值，丰富廉洁文化建设思想内涵，提炼符合时代特征和要求的廉洁文化，从历代医家、药师生平事迹中遴选出 60 余则廉洁故事，兼顾故事性与学术性，编撰成《旴江医药廉洁故事》一书，提供给广大师生阅读。

我们将站在为营造崇廉尚洁良好社会风气的高度，站在立德树人、为党和国家培养社会主义合格建设者和可靠接班人的高度，充分发挥文化教育人、感染人、塑造人的功能和作用，让独具特色的廉洁文化进学校、进课堂、进头脑，为学生提前接种“廉洁疫苗”，使廉洁文化渗透于高校管理和教育教学全过程，从而形成廉洁文化无处不在、润物无声的浓厚氛围，营造以廉洁为荣的良好风尚。

我们坚信，通过全体师生坚持不懈的共同努力，久久为功，廉洁文化一定能在校园生根、发芽、开花、结果！

编委会

2022 年 10 月

文明因水而兴，黄河流域、长江流域共同孕育了悠久、灿烂的中华文明，而盱江流域（今抚河流域）则孕育了瑰丽、辉煌的临川文化。盱江流域，古代包括临、汝二水。汝水，今称抚河，发源于江西省抚州市广昌县驿前镇血木岭，在南城汇入发源自黎川的黎滩河，全程流经抚州市境内的广昌、南丰、南城、金溪、临川。历史上对这条河流是分段命名的：从血木岭到南城，古称盱江或盱水；进入临川后称为汝水。临水，今称崇仁河，发源于崇仁巴山，在今临川区温泉镇与宜黄河汇合。临水和汝水在抚州城区西北汇合后向北流往南昌。自宋以来，盱江流域人文鼎盛，名公巨卿彬彬辈出。地理学家乐史，宰相词人晏殊，音韵学家陈彭年，千秋醇儒曾巩，改革家王安石，心学鼻祖陆九渊，思想家吴澄、吴与弼、罗汝芳，被誉为“东方莎士比亚”的汤显祖，以及李绂等都生于斯、长于斯，从这里走向全国乃至世界。文化的昌盛繁荣，也带动了医学的发展。20 世纪 80 年代，江西中医学院杨卓寅教授（已故）在整理江西医学史料时，惊喜地发现盱江流域名医辈出，医籍宏富。目前公认的江西古代十大名医中，盱江流域医家居其七，分别是陈自明、危亦林、龚廷贤、李梴、龚居中、黄宫绣、谢星焕，另外三位为永修的崔嘉彦、九江的严用和、新建的喻昌。于是，他将这个区域的医家群体命名为“盱江医学流派”，从此揭开了盱江医学研究的序幕。盱江医学研究至今已历四十载，取得了丰硕的成果。但是关于盱江医学的地域范围，近十年来，各研究流派所持意见不太一致。对此，我们还是谨慎地将盱江医学范围限定为明清时期抚州和建昌两府所管辖的区域，即今抚州市所辖各县区，包括临川区、抚州国家高新技术产业开发区、东临新区、东乡区、崇仁县、金溪县、宜黄县、乐安县、南城县、南丰县、广昌县、黎川县、资溪县，以及原属于临川县后划归进贤县的文港、长山、温圳、李渡等乡镇。而在以南城县为中心的建昌地区，自晋时孕育发展起了一支重要的药帮，人称建昌药帮。药以医而灵，医以药而显，建昌药帮同样取得了辉煌成就，成为全国知名的药帮。盱江流域医药相济，建昌药帮与盱江医学并驾齐驱，显著于我国医药界。

一、盱江医药发展简况

盱江医药起源很早，经历了孕育、发展、繁荣、衰落与复兴等阶段。其肇始可以追溯至秦汉时期华子期在南城县麻姑山稍西的麻源采药炼丹；经过近千年的孕育，至宋元时期，盱江医药得到了长足的发展；明代则呈现繁荣的可喜局面；至清末民国初年，一度走向衰落；新中国成立至今，盱江医药进入了复兴时期。

（一）南宋之前的孕育期

人类的医药活动，与人类的出现应该是相伴相生的。所以，医药的起源应该追溯到原始社会，盱江医学也不例外。但是真正的医药史，当是从有医药活动遗迹或记载开始。而盱江流域有医药活动遗迹或记载，肇始于秦汉时期华子期隐居南城麻姑山西侧的麻源华子岗修道，采药炼丹，为民消灾除病，施医济众。此前有麻姑山上的女孩麻姑服茯苓而成仙的传说，让建昌药业的起源弥漫着一股浓浓的仙气。此后，浮邱公、郭族、王方平、梅福、葛玄、郑隐、葛洪、邓思瓘、邓延康、白玉蟾、魏夫人、许逊、黄华姑等诸多道教人物都曾在盱江流域修行、炼丹、制药。抚州境内的麻姑山、相山、大华山、仙桂峰、笔架峰、井山等都有这些仙风道骨的遗存。这一时期，在盱江流域，医药并没有完全独立，而是道教活动的一部分，依附、从属于道教。这些道教人士，多来自外地，因青睐盱江流域的灵山秀水而栖息修行于此。特别是南城的麻姑山，地广林茂，山好水好，出好药材，于是有仙人上山修行炼丹。山上留下了不少的修行炼丹的遗迹，如仙坛、丹井、丹灶等等。直到宋初，宜黄乡贤乐史以儒通医，在浙江江山县治蝗灾时，掐人中穴，用指甲刺十宣、涌泉、合谷穴救治一晕厥儿童。此后，又有抚州菜园院僧可栖边礼佛边行医；晏殊第九子晏传正亦儒亦医，编撰《明效方》；王安石以儒通医，大力改革医学教育，晚年种药钟山，路边赠药治老妇痁疾；金溪乡贤黄彦远则完成了《运气要览》。这表明，在经历了漫长的孕育期后，盱江医学开始"小荷才露尖尖角"。虽然并没有出现声名显赫的名医巨擘，也没有形成医学世家大族，但是在浩瀚的中国医学的夜空，总算有了几颗盱江医学的星星在闪耀光芒。而在药业方面，历朝历代多由政府控制药品的生产与经营，不允许私自制作和经营药品。熙宁九年（1076），宋神宗在太医局设立"熟药所"和"卖药所"。熟药就是经加工炮制后的药品，主要有丸、散、膏、丹等多种剂型，便于购买和使用，并可以减少很多煎制汤药的烦琐工序。与盱江医学类似，此时盱江流域的药业也没有走在全国的前列。北宋时期，盱江流域文化得到长足的发展，走向了繁荣，领先于全国，特别是教育的辉煌，为下一阶段的盱江医药发展奠定了坚实的基础。

（二）南宋及元的发展期

盱江医药在宋建炎南渡后迎来了巨大的发展。首先，出现了名气较大、影响深远的医家，如南宋初年的席宏（亦作席弘），南宋末年的陈自明、黎民寿，元代的危亦林、严寿逸等。席宏，擅针灸，以针灸治感冒、中暑、风湿、麻痹、偏瘫、高热、喉症，如鼓应桴。据陈会《神应经》记载，至明代成化年间，席氏针派已家传至第十二代，并在第十代席肖轩始师传丰城陈会。陈自明、危亦林则同列江西十大名医。陈自明是杰出的妇产科专家，危亦林为卓越的正骨专家。严寿逸则是医学教授。元代大儒吴澄惊叹为何盱江"独多工巧之医"。其次，医学世家比比皆是，如南丰危氏，南宋历四代，到元代危亦林为第五代，成为危氏医学的集大成者。元代大儒吴澄的涉医诗文多达41篇

（首），涉及医家 39 人，绝大多数为盱江医家。其中世医就有 11 家，如乐安王元直、南城严寿逸等。最后，众多医家著书立说，撰写了很多医籍著作。如席宏撰有《席宏赋》，陈自明著有《妇人大全良方》《外科精要》《管见大全良方》，黎民寿著有《简易方论》《决脉精要》《注广成先生玉函经解》，危亦林著有《世医得效方》，等等。这其中不少医籍都具有非常高的学术价值，如《妇人大全良方》为中医妇产科的奠基之作；《世医得效方》所记载的悬吊复位法为世界最早，草乌散为世界最早的全身麻醉剂。

在国家政策的推动下，南宋时期，各地相继成立地方药局，修合良药出卖以济民疾。此时建昌军就设立了军药局，建昌知军丰有俊在这方面做了大量工作，成绩突出，朝臣、著名学者袁燮撰有《建昌军药局记》，以记其盛。建昌地区的药业也跻身全国前列。至元代，国家对于医药业也是重视的，广泛设立地方医学，设立官医提举，实行医户管理，继承宋代制度设立惠民药局，这也继续推动了建昌药业的发展。在泰定年间，建昌总管萨谦斋对医药特别重视，精究医术，常思病之所起。为了求解，他与建昌医家深入里巷，搜集民间验方，审药之所宜，验之有得，录而集之，编著成《瑞竹堂经验方》。该书约刊于泰定三年（1326），在建昌一带产生了很大影响，并逐渐成为一部在全国影响深远的著名方书。该书分为诸风、心气痛、疝气、积滞、痰饮、喘嗽、羡补、头面、口眼耳鼻、发齿、咽喉、杂治、疮肿、妇女、小儿共 15 门，采方 310 余首。《瑞竹堂经验方》全书 15 卷，但原本散佚，清代乾隆年间从明代《永乐大典》中仅辑得 5 卷。20 世纪末，研究者据《医方类聚》《普济方》《本草纲目》以及流传在日本的刊本，进行校核，删去重复，增补缺漏，共辑方 340 余首。

为什么这一时期盱江医学喷薄出如此绚烂的火焰？主要原因是文教的繁荣和科举的废除。北宋以降，盱江流域士子在科考上取得了巨大的成功。晏殊、王安石这些中下级官僚家庭的子弟，可以由科举而名满天下甚至进入国家政治权力中枢，还有比这更具感召力的广告吗？于是崇儒重教之风渐盛，民乐读书而好文辞，直接推高了抚州整体教育水平和民众文化素养。

◎王安石纪念馆

但是科举考试是定额选拔，注定读书人越多，落榜生也越多。元代统一全国后，并没有袭承宋代的科举选才制度，一度废除了科举考试。这些原本指望通过科举登上仕途一展抱负的读书人，在屡考屡败或科举之门被堵上之后，无论是生存上还是志向上，都必然要另寻出路。于是，与儒同源同旨的医学，便成为儒生士子们最好的去处。它既能解决物质上的温饱，也能安放精神上的寄托。“不为良相，愿为良医”，便成为诸多士子弃儒习医后的精神支柱。一方面，这些入行者原本就有很深的易学根基，学起医来自然理解更透彻，水平更高；另一方面，儒生士子们依然追求“立德、立言、立功”三不朽。行医救人济世可以立德、立功，而要立言，则必须著述。这也是为什么元代临川文化稍逊于两宋之际，盱江医学却反而取得了巨大发展的原因所在。

（三）明及清代的高潮期

明清时期，盱江医学进一步发展，涌现出了龚廷贤、龚居中、李梴、黄宫绣和谢星焕这样的杏林巨擘。他们都是极具创新精神的医家，引领着盱江医学的进步。龚廷贤的成就是全方位的，职业生涯中足以彪炳史册的大手笔较多，比如大梁（今河南开封）抗疫、治愈鲁王张妃臌胀之疾、治愈周藩王的三十年沉疴，以及等身的医籍著作等等；龚居中则是一位善治瘵痨的专家；李梴有感于自己的习医经历，特撰《医学入门》以引导初学者少走弯路，早日成才；黄宫绣的《本草求真》摒弃历代本草经的药物分类方法，根据药物品性进行分类。这一时期，世医大族更多。如龚廷贤家族，自其父龚信肇始，起码三代人兄弟子侄俱为医家，且多以医入仕。第一代龚信，第二代龚廷贤及其弟龚廷器，第三代龚廷贤的子侄龚定国、龚安国、龚宁国、龚守国、龚懋升、龚懋官。谢星焕家族，自其祖父谢士骏开始，累世为医。第二代谢职夫，第三代谢星焕、谢拱宸、谢启明（因积劳英年早逝），第四代谢甘澍，第五代谢佩玉……临川区七里岗新殿村黄氏家族自康熙年间黄目彝始，善治痈疽，绵绵瓜瓞，从未断绝，至今传至十代，先后从医者 16 人。临川区唱凯镇白水许氏，自清乾隆年间到民国，共有三代五人行医，其中多位武举。这个时期，盱江医学还有一个特点，就是不少医家行医于他乡，功成名就于外地。如龚信、龚廷贤父子，主要行医于周鲁之间，成名于中原腹地；李梴主要活跃于福建漳州一带；龚居中则主要悬壶于金陵、建阳（今福建南平）两地。明清时期盱江医籍更是汗牛充栋，举不胜举，兹不赘述。

明代，建昌药业得到迅速发展，形成了建昌药帮。建昌地区各县均设立惠民药局，仍然是为平民诊病、卖药的官方机构。它的主要事务为掌管、贮备药物，调制成药等。惠民药局级格虽然低，但有力地促进了建昌地区药业的壮大。在明代，明皇在建昌府封藩两次。永乐二十二年（1424），明仁宗朱高炽将第六子朱瞻堈封为荆王。宣德四年（1429）赴建昌府就藩，正统十年（1445）迁蕲州府（今属湖北省）。蕲州以药闻名，宋明时期有

"千家万户悬菖艾，出门十里闻药香"之誉。这里是李时珍的故乡，自此有"人往圣乡朝医圣，药到蕲州方见奇"之说。可以说荆王是从此药地迁移至彼药地。50 年后，明宪宗朱见深第六子朱祐槟封藩南城为益王，弘治八年（1495）到封地建昌府南城县就藩。王府设有良医所，是专门为藩王服务的医疗保健机构，建昌地区有樊胡等多名医家曾在益王府任职。益王府研制出许多药方，今天未见专门书籍记录，而散见于当时及后世所编辑的医书中，如明代杰出的医家龚廷贤在其《寿世保元》中就收录有益王府药方，从而使一些药方流传至今。这也推动了建昌地区的医药业发展。建昌地区的人们善商，肯吃苦，他们行走四方经营货物，其中就有药材。因为南城等县既产道地药材，还有炮制好的药物。他们把家乡的物产包括药材运出去，也把家乡人需要的外地物产包括药材运进来。渐渐地，经商的人多起来，药材贸易量也大起来了，形成了规模，质与量皆得到大幅提升。

明末至清末的300余年间，是建昌药帮的繁荣时期。此时，建昌药师的技艺也形成了自己的特色，炮制出来的药有形有色有味，更有效。由于建昌除了自身炮制成的药材品质出众，所经销的药材特别是经炮制加工后的成药定价合理，久而久之，在医药界，在民间，便传诵着："建昌个（的）制炒""药不过建昌不行"。著名药史专家唐廷猷在《中国药业史》里肯定了南城全国"著名的中级药材集散市场"的地位。他说："建昌（治所在今江西南城）南宋为军（州级行政）治所，药业较为发达，官府设有建昌军药局。元代，朝廷令在城北建三皇宫，塑伏羲、神农、轩辕像供祭拜。明代，府内置医学校、良医所和惠民和剂局。建昌水陆交通十分便利，有黎滩河、盱江汇合而下抚河，纳赣江，贯波阳湖（今鄱阳湖），入长江；陆路通全省连福建、广东、南平、邵武、建宁、汀州及赣南、赣东北诸府四十余州县药商汇集于此进行交易。至清代后期基本控制了江西、福建邻近的四十五州县的药业，成为著名的中级药材集散市场。"

明清时期社会整体相对稳定，为盱江医学的繁荣发展创造了条件。诚如乡贤曾巩在《拟岘台记》中所说："抚非通道，故贵人蓄贾之游不至。"

因此，要想一展身手，去繁华大都会是比较好的选择，这也是龚廷贤为什么要到大梁去行医的原因。而这一切，首先，取决于天下太平。如果长期处于乱世，道路隔绝，想去也去不成。其次，明中后期，金溪县浒湾镇因为抚河改道而崛起，逐渐成为全国雕版印刷业中心之一。而金溪书商们并不满足于区区浒湾镇。他们以浒湾为基地，把书坊开到金陵、建阳等通衢大都。作为盱江流域的老乡，这些书商在跟医家沟通上有着得天独厚的便利性，很容易就能拿到盱江医家所著书稿的"版权"，这对盱江医籍的流传发挥了重要作用。另外，由于明代中后期千金陂修筑较为成功，抚河黄金水道通航稳定，促进了建昌帮药业的繁荣。

（四）民国的衰落期

盱江医药在经历了数百年的繁荣后，随着国运的衰落、国策的调整、文化认同的改变、战争的频发，以及西方医药大举传入，逐渐走向没落。但这一时期依然涌现出了一批德医双馨的名医，如谢氏医派传人谢佩玉等，李氏医派的李秉钧、李元馨、傅再希、黄植基等，还有享誉抚州城的杨鉴尘、李行清等。当然更多的是乡间街头固守着价廉效奇的中医药，保障百姓健康的基层医生们，如临川区七里岗新殿村黄氏医家们。建昌药帮方面，抗日战争前，南城的药店、药行、生熟药栈计四十余家（小店除外），从业人员总计千人以上，其中县城的药行、药栈、药店有裕发行、三元信等 25 家。由于抗日战争时期日寇轰炸与烧杀，抗战后国民党反动派对中医的轻视和摧残，到解放初期，南城县城乡开业中医仅剩 30 余人，中医药从业人员不及百余人。南城县中医药业出现萧条、衰败的局面。

（五）当代的复兴期

新中国成立之后，建昌药帮如全国中医中药一样受到了党和政府的重视，南城县人民政府也致力于建昌药帮的保护和利用工作。1950 年代，建昌药帮传统炮制技术被编入《全国中药炮制经验集成》。1958 年，江西省卫生厅及药科学校组织中药专家来南城考察，肯定了建昌药帮的中药炮制技术在中华中药界的地位和作用。在《江西中药炮制经验集》《中草药学》两本内部资料中，收录了建昌药帮一批有代表性的饮片炮制方法。1966 年，建昌帮中药饮片厂首次获“中华老字号”称号，并颁发了铜牌和证书。南城县根据国家及江西省、抚州地区的精神加大了中药的种植面积，加强了管理，取得了一定的成果。1985 年，重视研究和重振建昌药帮被列入县委、县政府重要议事日程，“发掘整理建昌帮中药传统炮制技术”的科研课题被省、县分别立项，并确定为重点项目。其后，署名梅开丰、张祯祥、上官贤、余波浪的《建昌帮中药传统炮制法》专著编撰完成（未正式出版），作为重要科研成果通过了由南京中医学院中药学教授叶定江主持的四省专家科研成果鉴定组鉴定。同时，制作成建昌帮特色饮片标本 200 个，被国内外博览会、科研单位、高等院校收藏或展出。1993 年 11 月，南城县建昌帮中药饮片厂再次由国家贸易部授予“中华老字号”企业。2019 年，江西省人民政府办公厅下发了《江西南城“建昌帮”中医药振兴发展实施方案》，支持南城县建设中医药特色产业基础和中药材产地电子交易中心。这些都给建昌药帮的发展创造了新机遇。期待建昌药帮重振雄风。

这一时期，盱江医学也渐渐复苏，涌现了一批省内乃至国内知名的中医师。

二、盱江医药之德概述

千年的盱江医药，产生了一批批根植于盱江大地，守护盱江流域人民生命健康的医家药师，在他们的身上，闪耀着医药之德的光辉。

（一）“不为良相，愿为良医”的济世情怀

在汉武帝“罢黜百家，独尊儒术”后，儒学成为中国两千年封建社会的主流思想。儒、医同源，都根植于儒家群经之首的《易经》；儒、医又同旨，最后都指向救世济人，儒家通过治国平天下以“济世”，医家通过治病除患以“济人”。如前所述，宋代以后，盱江流域文化鼎盛、科举发达，大量落第秀才乃至举人投身于医学，甚或一些进士亦儒亦医。当然，还有一

类医家，原本业儒，却因家境贫寒或家道中落，无力再继续追逐科举梦想，不得已弃儒习医。儒家思想推崇仁者爱人，强调使命担当。因此，他们弃儒习医后都会以儒御医，以医寓儒，儒学为体，医技为用。

在盱江医家群体中，儒医非常之多，陈自明、黎民寿、龚廷贤、黄宫绣、谢星焕、谢甘澍等等都是先儒后医。怀抱着救世济人的初心，这些医家就不会唯名利是务，而是以济人为先，他们在境界、格局上已经远超常人。比如龚廷贤，自幼业儒，工于诗文，然而时运不济，屡试屡沮，于是转身跟随父亲龚信承袭家学。而在毕生的行医实践中，始终不忘救世济人的“初心使命”，全然不在乎利益得失，终成一代大医。临川区七里岗镇新殿村黄氏医派，自康熙年间黄目彝起，绵延十代为医，传承治疗痈疽秘术，从未断绝。黄氏医家皆以“不为良相，必为良医”自励自勉，体现出了“天行健，君子自强不息”的儒家精神。

济世情怀还体现在公利意识。盱江医家们著书立说，特别如危亦林将家学秘方慷慨捐出，就是希望普天之下老百姓都能跻乎仁寿之域。而更多的盱江医家则通过积极参与社会公益慈善事业，来实现自己的济世抱负，如康熙年间黎川儿科名医张名弼，两度在发生大饥荒之年捐空自家钱粮以助赈。崇祯年间黎川儿科名医张荣，也曾两度捐粮赈济饥民，不仅自己捐，而且命诸子各出几千石粮食相助。盱江医家中，每年自制药丸布施乡里的医家也不少，如罗宪顺、余绍宁、谢星焕、李秉钧等。这些都体现了盱江医家的济世情怀。

（二）博采众长、精益求精的进取态度

对于医家来说，医术是手段，是工具。“工欲善其事，必先利其器”，没有精湛的医术，治病济人便是水中花、镜中月。元代盱江医家黄东之有名言曰：“（医）不精不足以活人，而易杀人。”这就是人们常说的“庸医杀人”的道理。因此黄东之在挑选门徒时特别严苛，吃不得苦中苦的不授，没有文化根基的不传，想以医发财致富的不教。南丰危氏医派，堪为

盱江医家博采众长、精益求精的典范。第一代医家危云仙，是危亦林的高祖，游学东京，偶遇董奉裔孙而得医道。第三代危子美，危亦林伯祖，先后跟随临江（治所今江西省樟树市临江镇）刘三点、建昌军新城县（今江西黎川县）五路陈姓学习妇人科，又从杭州田马骑学习正骨金镞科；危碧崖，危亦林祖父，则传新城大磜周氏小方科。第四代危熙载，危亦林伯父，师从福建汀州路程光明和南城周后游学习眼科和治瘵疾。第五代危亦林，师从江东山学疮肿科，师从范叔清学喉齿科。历经五代人的接续博采众长，一座南丰危氏医学的大厦——《世医得效方》，才最终落成。陈自明也是自幼承袭家学，成年后遍历东南，寻师访友。但凡人有一技之长，便俯身虚心请教。龚廷贤的巨大成功，与其谦虚好学、务求精进的品质密不可分。他博考历代医书，自《黄帝内经》直至金元四大家，莫不穷源究委，参以己意，融会贯通。据他自己在《叙古今医鉴弁首》中所说，但凡听闻有什么高人奇士精通医道的，便诚恳谦逊地登门拜访，向人家虚心求教，相互切磋。清初南城医家曾鼎，家学深厚，但是却不满足于此，只身一人前往南昌，寄居寺庙，跟从喻嘉言学医。

由于药师药工精益求精，建昌地区的炮制技艺高超，称雄药界。专家研究认为，建昌药帮所使用的炮制技艺与众不同，即工具辅料有别，工艺取法烹饪，所制药物形、色、气味俱佳，毒性低、药效高，因而独具特色。所用刀具有别于其他药帮，能“见刀识帮”；辅料选料遵古道地、制备考究，一物多用，尤其以谷糖炒炙独特。制药如炒菜，严守净选、切制、炮炙三关，不省工，不短料，水火不失度，艺不厌繁；形求美，色求艳，气求香，味求纯，毒求低，效求高。此法炮制出许多精良药品，长销不衰，如煨附片、姜半夏、明天麻、贺茯苓、熟地、山药片尤负盛名。建昌药帮以其精湛的炮制技艺、优质高效的饮片，数百年来博得了民众的高度信赖与称赞。

（三）轻利重义、恤贫救苦的菩萨心肠

龚廷贤在《万病回春·医家十要》中明确指出：“（医家）勿重利，当

存仁义。”龚廷贤是这样说的，也是这样做的。他在治愈鲁王张妃臌胀之疾后，鲁王朱三畏要以千金相谢，却遭到了龚廷贤的婉拒。而当时龚廷贤也不过刚解决了温饱，自己的好几部医籍手稿都因为没钱刊刻而只能收于囊中，每天背着进进出出。鲁王感其高义，对其医术更加叹服，于是上奏万历皇帝，赐予“医林状元”匾额。临川医家陈清远，自幼喜读医书，医技精湛，但家族主业是在云南经商；业余时间为人看病，从不收费。他自言经商使其生活十分富裕，行医只为济人。云南布政使宫尔劝的多年痼疾在陈清远的银针下，一朝冰释雪融，宫尔劝谢以五百两银子外加裘服、玉石等贵重物品，陈清远婉拒不受。南城医家张尘生、金溪医家危奂章，都只要病家薄酒相待即可，从不问诊金。黎川医家杨居义，酷爱花木，患者仅需以花木酬谢就行。

在盱江医家中，恤贫救苦的事迹太多太多。医家不嫌贫爱富，能做到不先富后贫已经难能可贵，而南丰医家吴廷璟却执意坚持先贫后富。因为在他看来，贫家得病为急，富家得病为缓，先急后缓，天经地义。如果患者家里太穷了，吴廷璟还赠药，甚或把患者留在自己家里包吃包住，治愈才让走。黎川医家徐亮，自幼丧父，家贫如洗，但凡有贫穷患者上门，必亲自煎药熬汤，分文不取。同乡丁化也自幼丧父，因读书用功过度，不幸得失血症。徐亮不仅免费把他治愈，而且传授医技，助其立业。黎川儿科名医张名弼，治病以先来后到为序，达官贵人也不能插队。遇到远道而来一时半会儿治不好的小孩，便让家属带到自己家中，给吃给喝，免费施药，直至病愈才让回家，临行还要赠以半个月的生活费、药费。乐安医家郭英寿，精正骨法，听闻邻县永丰罗炳发被虎所伤，残废十余年，又因残致贫，非常同情他的遭遇，亲自上门为他诊治，让其恢复如初；愈后还赠以金银，让他做点小买卖维持生计。

（四）勤勉严谨、攻坚克难的敬业精神

孙思邈在《大医精诚》中对习医者提出了“精勤不倦”的要求，可见

勤奋对学医的重要性。临川医家许乃梅抄方论十余卷，每日放在长袍深袖中，一有闲暇就拿出来阅读，真正做到无时无刻不在学习。谢星焕三弟谢启明因学医过劳，致英年早逝。金溪医家黄文炳，治病有所得便购置书籍，终日手不释卷，死后数千卷书籍无不丹黄烂然，密密麻麻做满了批注。

医生是技术活，也是苦力活，以患者为念，必然勤字当先。病人患病不会挑时间，选地方，半夜急病发作，便半夜来请，医生也得半夜就去。患者家住偏远，山重水复，跋山涉水医家也得去。南城医家樊胡，官益王府良医正，四方求治者盈门，虽酷暑寒冬，有求必往。他曾经说：“病人看到医生，比农民看到丰收还高兴。只要医生到了，不必治疗，病就能好一半。所以我哪敢有半分的拖延迟缓呢?”

陈自明则是攻坚克难的典范。在陈自明所处的时代，妇产科还没有引起人们的足够重视，妇科病最难治，产科则凶险万分，于是医家们都尽量回避。而陈自明却迎难而上，立下宏愿，一定要写出一部全面、系统、实用的妇产科专著，这便是后来的《妇人大全良方》。此后，他又发现痈疽难治，而专攻痈疽的医家多为贪财且不通文理的庸俗之医，故而导致痈疽治愈率极低，仅两三成，于是又埋头钻研痈疽，最终写成了《外科精要》。

（五）恬淡寡欲、孝廉持身的个人修为

一个人只有不被物欲所束缚，才可能真正为理想信念而奋斗。盱江医家大多恪守着恬淡平和的生活方式，所以才能专心于为患者解除痛苦。黎民寿，医术冠绝当代，深得三位尚书级别的达官贵人点赞、称道，但是却甘之若饴地过着苦行僧一样的生活。他不饮酒，不食荤腥。每天早晚各吃一餐，或白饭，或白面。南城医家张尘生，从不茹荤，哪怕是家徒四壁，也不向患者要一分钱诊金。

张仲景在《伤寒论序》中阐述医学的伦理价值时曾说：“上以疗君亲之疾。”可见，医学关乎忠孝。盱江医家便有不少谨守孝道的事例。黎川医家丁化，自幼丧父，由寡母抚养长大，平生一言一行不敢有任何亏德处，曰:

“恐辱吾母也。”临川医家危振纲，本来举明医，授太医院医官，因父母年迈而婉拒。黎川医家杨居耀，母亲病危时急需鲢鱼作药饵却不可得，不幸辞世，从此终身不再吃鱼。

悠悠千载下，杏林又逢春。今天，人民卫生健康得到了空前的重视，医生的社会地位也已不可同日而语。然而，只要有医学活动，有医患关系，就一定存在医德问题。如何通过挖掘优秀传统文化，尤其是中医药文化，加强对医学生的医德教育，更好地服务于立德树人的教育宗旨，为社会主义卫生事业培养更多优秀的建设者和接班人，是我们面临的重大课题和使命。本书算是这方面的一次有益尝试。我们主要立足于史志、家谱等文献资料，以通俗易懂的语言讲述了数十位盱江医家药师的廉洁故事，以期以情动人，达到润物细无声的作用。

目录

医方命以荆公名

提起王安石，人们自然而然会想起他是伟大的改革家，主导了熙宁变法；他是才华卓绝的文学家，诗文璀璨，名列“唐宋八大家”之一；他是思想家，创立荆公新学，提倡经世致用。鲜为人知的是，王安石还以儒通医，深谙中医药知识，精通医理、药性。

据临川区、东乡县、金溪县一些王安石家族后裔村族谱记载，王安石的曾祖父王明，曾经是一位走村串户的游医，所以王安石在医学方面有一定的家学渊源。加上王安石自幼酷爱读书，兴趣广泛，诚如他在《答曾子固书》中所说的那样：“故某自百家诸子之书，至于《难经》《素问》《本草》、诸小说无所不读；农夫、女工，无所不问。”他在信函中，经常熟练地使用医学专业术语来描述自己的身体状况，如“营卫殊阙从容”。在治国之道的讨论中，他也不忘用医药来打比方，如他把治国比喻为治病，猛药只要对证了，就能起沉疴，疗痼疾。可见他有着极高的医学造诣。

在浩如烟海的古代方书中，至今有两首以王荆公（王安石曾受封荆国公，后世尊称为王荆公）命名的医方传世。一是“王荆公偏头痛方”。王安石操心国事，结果落下了个偏头痛的毛病。宋神宗知道后，便把禁中秘方赐予王安石。王安石用了后，效果非常好，于是又把这道宫廷秘方无私地传给了苏轼。《苏沈良方》中是这样记载的：“用生莱菔汁一蚬壳，加生龙脑少许调匀，仰卧注鼻中，左痛注右，右痛注左，或两鼻皆注亦可，数十年患，一注而愈。”据苏轼转述，王安石告诉他此方已经治愈过好几个人。另一首是“王荆公妙香散”，处方为人参、五色龙骨、益智仁、白茯苓、茯神、远志、甘草、朱砂共八味药。有益气宁心、固精止遗的功效，主治夜梦遗精、惊悸健忘。该方最早见于南宋孝宗淳熙十一年（1184）朱端章所辑的《卫生家宝方》，后世明初朱橚主持编纂的《普济方》、王肯堂的《证治准绳》、张介宾的《景岳全书》、叶天士《临证指南医案》均有收录或记载。“王荆公偏头痛方”有史料明确记载为神宗所赐的宫廷秘方。明明是宫中秘方，为何又会以王荆公命名？而“王荆公妙香散”是否是王安石主要创制或参与创制？这些我们都不得而知。

孙思邈在《千金方》中强调“人命至贵”，而最关乎人命的便是医药。作为政治家的王安石，对医药事业也是非常重视的。在他出仕之初，担任鄞县（今鄞州区）知县时，就非常重视医学，反对蛊惑人心的巫师。庆历年间，仁宗皇帝颁布了医治“蛊毒”（以神秘方式配制的巫化了的毒物）的《庆历善救方》。皇祐元年（1049）二月二十八日，时任浙江鄞县知县的王安石撰写了《庆历善救方后序》，还将此序和《庆历善救方》刻石立在县门外，意欲“推陛下恩泽而致之民”，方便百姓据方购药自我疗治。到他身居高位，主持变法时，他大刀阔斧对医药事业进行改革，尤其是重视医药教育。比如推行三舍法，激励学生进步；创立熟药所，提高人们药品质量意识。这些都与他精通医药，有着济世救人的医家情怀密不可分。

药囊直入长安市

王安石是千古名相，也是抚州人引以为豪的一位先贤。他一生与很多人都有交谊，其人地位有高有低，其情有深有浅。这其中有一位是医家，他俩之间有较深的交谊，演绎着良相与良医的故事。此人名唤陈景初。

在王安石现存的诗文中，有3首诗是写给陈景初的。其一为《送陈景初》，诗云：

惨淡淮山水墨秋，行人不饮奈离愁。
药囊直入长安市，谁识柴车载伯休？

这首诗没有直接描写与陈景初有关的事，只是写了古代一位叫“伯休”的医家。伯休，即汉代韩康。《后汉书》里记载：“韩康字伯休，一名恬休，京兆霸陵人。常采药名山卖于长安市，口不二价三十余年。时有女子从康买药，康守价不移。女子怒曰：‘公是韩伯休那？乃不二价乎？’康叹曰：‘我本欲避名，今小女子皆知有我，何用药为？’乃遁入霸陵山中。”诗虽然没有直写陈景初，实则是赞美了陈景初的医德，像韩伯休一样隐于市，悬壶济世，其药货真价实，对待患者童叟无欺，而无二价。从这首诗看，陈景初就是一位民间医家，但得到王安石的钦佩。王安石还有一首长诗《赠陈景初》：

吾尝奇华佗，肠胃真割剖。神膏既傅之，顷刻活残朽。
昔闻今则信，绝伎世尝有。堂堂颍川士，察脉极渊薮。

珍丸起病瘠，鲙虫随泄呕。挛足四五年，下针使之走。
一言傥不合，万金莫可诱。又复能赋诗，往往吹琼玖。
卷纸夸速成，语怪若神授。名声动京洛，踪迹晦良莠。
相逢但长啸，遇饮辄掩口。独醒竟何如，无乃寡俗偶。
顾非避世翁，疑是壁中叟。安得斯人术，付之经国手？

这首诗也是从华佗写起。三国时的华佗用麻沸散给患者麻醉，再对人体进行手术，把患者病治好。诗人说：华佗只是传说，而今亲眼所见，世间果有此绝技，陈景初就是这么一位学有渊薮的医术超人；接下来再写陈景初是如何治病救人的，并指出他具有“万金莫可诱”的品质，和“卷纸夸速成”的诗才，“语怪若神授”，在京城开封和洛阳名声大。在王安石眼中他是“壁中叟”，即穿壁的神仙。但诗的最后，笔锋一转，“安得斯人术，付之经国手”。王安石自问怎么才能得到像陈景初这样高超技术的治国者来治理国家，并发出了大医医国的感叹。这一对人才的呼唤与他在《上仁宗皇帝言事书》的呼唤是一致的。

王安石为相后，便着手医国，正如李觏所说“救弊之术，莫大乎通变”。他发动了一场轰轰烈烈的全国性大变法，史称“王安石变法”。他推行了一系列的法律，在一定程度上改变了北宋积贫积弱的局面，充实了政府财政，提高了国防力量。同时，他进行了一系列的医学改革，实行医药政府经营，兴办医学专科学校，加强医政管理等，对中医药事业的发展起到推动作用。

他还有一首五言绝句《送陈景初金陵持服举族贫病烦君药石之功》：

举族贫兼病，烦君药石功。
长安何日到？一一问归鸿。

这首诗说的是，王安石举家生病，请陈景初来治，这事后被临川人陈自明记录在他的《妇人大全良方》卷十五里：“元丰中，淮南陈景初，名医也，独有方论治此病。方名初谓之香附散，李伯时易名曰天仙藤散也。”“元丰末，王荆公居金陵。举家病，以诗赠景初曰：‘举族贫兼病，烦君药石功。长安何日到，一一问归鸿。’因此见方，得于李伯时家传方，录于临川张石丞宅。”天仙藤散主治水肿。李伯时即李公麟，北宋著名画家。

从这三首诗可见，王安石与民间名医有着深厚的长期友谊，对于有着优良医技医德的廉洁医家充满敬意，推崇备至。正所谓大医医国，他也希望有治国之才来治理国家，把国家治好，让天下百姓幸福安康。

王安石路边治疟

王安石不仅是一位学养丰富的医药达人，他还有过医疗实践，曾经在路边施药给人治疗疟疾，换得一缕麻绳。

那是王安石晚年退居江宁（今南京市）钟山时，其弟王安礼担任江宁知府。一次，王安石进城办事，正碰上王安礼出行，前面鸣锣开道，仪仗队紧随其后，百姓们都急忙躲到两边回避。王安石怕被认出来，便闪身躲进街旁一家百姓院子里，半掩上门，从门缝往外看着，等王安礼的车驾过去。院子里住着一位老太太，正准备出门去抓药，突然见闯进来个陌生老头，一愣，就问："老人家有什么事吗？"王安石微笑着说："过来大官的车驾，进来躲一下。"老太太也听到外面喝道的声音了，说："啊！吓我一跳。想出去抓点药，还出不去了。"王安石问："请问您要抓什么药啊？"老太太说："偶尔疟疾，抓点药备着。"王安石说："还真巧了，我这儿正好有点治疟疾的药，就送给您吧，免得上街了。"老太太一听，挺高兴，进屋取出来一缕麻线，说："嘿嘿，礼尚往来，这缕麻线就送你了。"王安石欣然接受，连声道谢。

疟疾在古代是一种很常见的疾病，主要症状是忽冷忽热不定，稍有不慎便非常难治。王安石对疟疾是有过痛苦的回忆的。当时，王安石带着最小的弟弟王安上在鄞县任上。初秋时节，因沾染瘴气，王安上不小心患上了疟疾。穷乡僻壤，名医难求，良药难觅，王安上"侧足呻吟"，王安石心忧如焚，真怀疑弟弟肝胆俱破。王安石不禁心生愧疚，自己离家任官，宦游四方，带着弟弟跟着一起吃苦受罪。这也就难怪王安石出门时候身上还带着治疗疟疾的药呢。王安石晚年身体不好，出门时身上的确常带着药，而这些药，大多数都是他自己在钟山所种。王安石不仅种植药材，而且种出了别样的情趣，常被他拿来与朋友唱和，如这首《次韵奉和蔡枢密南京种山药法》：

区种抛来六七年，春风条蔓想宛延。
难追老圃莓苔径，空对珍盘玳瑁筵。
嘉种匆传河右壤，灵苗更长阙西偏。
故畦穿斸知何日，南望钟山一慨然。

这首诗作于熙宁八年（1075）。蔡枢密，即蔡挺，字子政，宋城（今河南省商丘市）人，曾任枢密副使。两人虽然政见不同，甚至发生过激烈矛盾，但私下还是挺好的朋友。从诗歌内容看，王安石曾长期种药。但是王安石从江宁进京主持变法后，钟山的药圃便无人看管，渐渐荒芜，所以他说“区种抛来六七年”。如今重回故园，一身清闲的王安石便又开始照管起他的药圃了。

续集验方馈百姓

淳熙六年（1179）秋，年过半百的陆游调任提举江南西路常平茶盐公事，提举司治所在抚州。这年十二月，陆游抵达任所。除了偶尔路过，这是他第二次来到抚州。而距离他第一次来，已经有 14 个年头了。当时陆游在隆兴（治所在今江西南昌）通判任上，好友李浩退休在家，陆游特地来抚州看他。两位知交好友 5 年未见，不免“挑灯贪夜话”，据说陆游在李浩家住了 20 多天。离别之际，两人依依不舍，李浩从述陂一直送到西津渡。天公也知人意，当日风雨大作，于是陆游又在战坪（今名展坪）住了一晚。淳熙七年（1180）冬，当陆游从高安赈灾返回抚州，途经战坪，再次遇雨夜宿时，“故人已作山头土”。往事历历在目，他感慨万千，“十五年前宿战坪，长亭风雨夜连明。无端老做天涯客，还听当时夜雨声。”

陆游在提举江西任上只待了一年。他来时怏怏不乐，一路上借酒浇愁：“温如春色爽如秋，一榼灯前自献酬。百万愁魔降未得，故应用尔作戈矛。”他本来就在福建提举任上，奉旨诣行在（今浙江杭州），原以为朝廷要起用他抗金，没想到走到金华的时候，却突然接到这份新的任命。这也难怪，对于一生以收复中原为己任的陆游来说，地处腹地的抚州非其所愿。这就注定了未来的日子里，他满腹壮志未酬的忧愤。“秦关汉苑无消息，又在江南送雁归。”大雁北归，意味着四时更替，年华老去。而大雁归处，却又是至今仍在金人铁蹄下的中原故国，怎不令人愁肠寸断？

陆游来抚州时已“五十六翁身百忧，年来转觉此身浮”。年华老去，功业未就，很难不产生“欢情灭尽朱颜改，节物催人只自嗟”的怨艾。而疾病又让他的情绪更加低落。他以“病叟”自嘲，这还真名副其实。在抚州的一年中，见于其诗歌的患病记录就有 13 次之多，其中还有目疾、齿疾。

在抚州一年间，陆游总共写了 164 首诗，其中 40 首提及饮酒，小酌那是时时发生，醉酒也不在少数，就连他自己都说“无客亦自醉”。除了醉酒，他在抚州也常做梦，正式写入诗歌的有 32 次。有一次他甚至梦到随从大驾亲征，收复汉唐故地。虽然醒来后发现只是一场梦，而他却开心得不得了，一定要写诗以纪。或许只有在醉里或梦里，他才能忘却现实的烦恼，随心所欲，纵横驰骋。

尽管如此，该履职的时候，陆游还是兢兢业业的，而且忙起来似乎也没那么凄苦了。他本身就是一个关心民生疾苦的好官，有着乐民所乐，忧民所忧的情怀。淳熙七年（1180）是一个大灾年。这一年的抚州，年初的一场春旱算是下马威。到了五月，天气更加反复无常。先是大雨连绵，“墙西泥三寸，墙东草三尺。可怜白鹿泉，蛙龟纷狼藉”。这让陆游忧心忡忡，他感叹道：“微官又厚责，抚事百忧急。”好不容易雨住风停，晴空朗朗，却又造成了一场小型旱灾。正当陆游做好了准备来祷雨呢，老天都不好意思了，连下了几天的雨，喜得他冒雨登拟岘台观水涨。可是他高兴得太早了，这场雨连下了 10 多天，稍事休息后又卷土重来，最后给抚州带来了一场更大的洪灾。“行人困苦泥没胯，居人悲啼江入舍。”百姓流离失所，陆游摇着小船，逐家逐户去发放粮食。五月的灾情刚刚安定，七月的江西又久旱无雨，他心急如焚。一天夜里，半梦半醒的他似乎听到外面滴滴答答的雨声，他赶紧起床到外面看看，果然下着小雨。“潭底乖龙唤不应，骄阳似欲败西成。虚堂永夜耿无睡，起听四郊车水声。”他彻夜未眠，为这珍贵的雨声欢欣不已。可惜这场秋雨并不解渴，直到七月二十八日，一场大雨浸透了龟裂的土地，他的心才似秋凉般痛快，一口气写了两首诗。如果不是与老百姓同心同情，又怎么会有如此细腻真切的“患得患失”？

灾后，百废待兴。他又抱病奔走各地，调查灾情，赈济灾民。然而，令陆游忧心忡忡，难以释怀的，还不完全是抚州眼前的灾情。九月、十月、十一月，一连 3 个月，他从抚州出发，崇仁、丰城、高安、奉新、南昌、进贤，一路赈灾，最后回到抚州，他的行程在赣中腹地画了一个大大的圆圈。累了就在村落民家、寺院禅房，甚至路边铺头小憩。然而他却发现地方官吏诸多不法，他痛心而又愤怒地警告：“小雨催寒著客袍，草行露宿敢辞劳。岁饥民食糟糠窄，吏惰官仓鼠雀豪。只要闾阎宽箠楚，不须亭障肃弓刀。九重屡下丁宁诏，此责吾曹未易逃。”救灾中，陆游还目睹老百姓缺医少药的凄惨，他将自己宦游各地搜集到的100多个药方，编成《陆氏续集验方》，刊刻以行。这是他送给抚州人民的最后一份礼物。就在返回抚州的路上，他接到了朝廷的命令，诏他返京。他以为这次朝廷要重用他了，他激动地写道：“扶衰归北阙，何以报君恩？”然而，就在他急匆匆地赶往临安的时候，却遭到了弹劾，罪名是在江西提举任上“不自检饬，所为多越于规矩”。他连抗辩的机会都没有，于是又一次在半路接到旨意，“许免入奏，仍除外官。”走到桐庐后，他愤怒又无奈地东归故乡绍兴。这一次，他总算可以一洗满身的征尘，消融如雪的乡愁。他在家闲居5年后，才再次被派往严州担任知州。至于“王师北定中原日”的梦想，他最终也只能写成遗嘱。而这遗嘱，却流传至今，并将永远流传。

痴心专攻疑难症

咸淳七年（1271），82岁高龄的陈自明依然精神矍铄，手不释卷。这一年中秋佳节，他给自己的医著《管见大全良方》作序，他在序言中郑重告诫后学："医莫贵乎学。"而这也正是他一生潜心岐黄、攻坚克难的真实写照。

陈自明，字良甫，南宋末年抚州临川人，江西古代十大名医之一。陈自明出生在一个医学世家，祖上三代为医，家中所藏医书颇富。或许是受家庭环境的影响，陈自明从小就热爱医学。14岁的时候，陈自明已经读完了《黄帝内经》《神农本草经》《伤寒论》等经典医籍，掌握了丰富的理论知识，所欠缺的只是实践机会。这不，机会很快就来了。一天清晨，同乡一个叫郑虎卿的医生急匆匆地跑进了陈自明家，来找陈自明的父亲帮他夫人看病。陈自明心想：此人自己也是一个医生，却一大早来叫看病，可见他夫人的病情一定不轻。于是，他央求父亲带他一起去见见世面。来到郑家，一进门，只见屋里已坐着四五名医生，他们正在议论病情。原来郑虎卿夫人久无身孕，如今好不容易怀孕三四个月，却得了一种怪病：白天总是唉声叹气，哭笑无常；到了晚上却又如正常人一般；此前吃了很多药，都不见效。无奈之下，郑虎卿只得把地方上几位有名望的医生都请来会诊。陈自明听完病情介绍后，便来到病人房内仔细察看病人的脉象、舌苔等，心中暗想：此病明明是妇人脏躁病，为什么那么多前辈却还在争执不休？他本想立即告诉郑虎卿，但看到屋里坐着的都是前辈，就不好意思开口。这时，通过会诊，大家认为此病是痰火上扰的癫病，主张用清心泻火、化痰开窍的药物来治疗。这时陈自明实在忍不住了，站起来说："不行！此病乃是妇人脏躁病，千万不能滥用攻下！"大家回头一看，原来是陈自明。众医生问道："小小孩儿，难道对这怪病有什么高见？"陈自明大胆地说："病人身孕三四月，本来就气血亏损。加上此前一直无身孕，如今怀上了，难免思子心切，情志不舒，以致心虚血少，肝脾失调，发为脏躁。而且张仲景《伤寒论》一书也有过'妇人脏躁，喜悲伤欲哭'的论说。"他接着又说："从治疗上来看，本病若大量用寒凉攻下的药物，必将耗伤气血。气虚血少，脏腑功能就更难以恢复。本病应用张仲景的甘麦大枣汤，以甘缓和中，养心润燥最为合适。"经陈自明这么一分析，大家口服心服，最后采用了甘麦大枣汤，总共才用了 3 味药，病就好了。

成年后，陈自明游历东南各省，遍访名医学习医道，所到之处便搜寻方书研究。他一方面勤求古训，博采众方；另一方面也反思前人的不足，逐渐形成了自己独特的医学思想。因为妇科病最难治，产科最凶险，所以到了陈自明所生活的南宋末年，愿意钻研妇科和产科的人很少，相关著述更是凤毛麟角，仅有一部《产科经验宝庆集》。但是陈自明认为该书"纲领散漫而无统，节目详略而未备"，实用价值不高。于是他暗自立下宏愿，一定要写出一部"病者随索随见，随试随愈"的妇科、产科专著，造福于广大妇女和子孙后代。为了实现这一志向，他"读海内古今医书殆遍，踪迹落东南半天下"。直到嘉熙元年（1237），陈自明终于完成了我国第一部完整的妇产科专著《妇人大全良方》。这时，陈自明已经是建康府明道书院医谕（建康府，即今江苏省南京市。所谓医谕，即医学教谕的简称，主管医学的学官）。他在自序中自信地写道："世无难治之病，有不善治之医；药无难代之品，有不善代之人。"

陈自明似乎天生就喜欢啃硬骨头，跟疑难杂症作对。痈疽，是一种急性化脓性疾患，在古代被认为是杂病之先。富贵之人易得此病，治愈率很低，只有二三成。陈自明认为其原因主要是从事该科的医生，多是庸俗不通文理之人。于是他又潜心研究痈疽，博采南宋刘涓子的《鬼遗方》及南宋名医李嗣立、伍起予、曾孚先等前辈的成果，于景定四年（1263）编成《外科精要》。

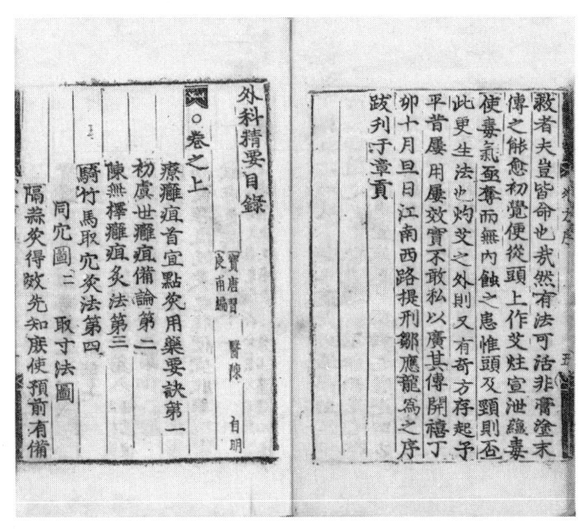
殺者夫豈皆命也哉然有法可活非膏塗末
傳之能愈初覺便從頭上作艾炷宣泄蘊毒
使毒氣至奪而無內蝕之患惟頭及頸則否
此更生法也灼艾之外則又有奇方存起予
平昔屢用屢效實不敢私以廣其傳開禧丁
卯十月旦日江南西路提刑鄒應龍寫之序
跋刊于章貢

外科精要目錄

寶唐習醫陳自明
良甫編

○卷之上
療癰疽首宜點灸用藥要訣第一
初虞世癰疽備論第二
陳無擇癰疽灸法第三
騎竹馬取穴灸法第四
同穴圖二 取寸法圖
隔蒜灸得效先知庶使預前有備

◎陈自明医籍《外科精要》

尽管取得了非常高的成就，陈自明却终身保持谦虚的作风。到了晚年，他深刻反省自己年轻时犯下的不少错误，反复参验，以求完备。加上自己常在羁旅中，医书浩瀚，非行李所得尽载。于是他化繁为简，编成《管见大全良方》。哪怕是在缺医少药的艰苦条件下，他也能应急救治，足见他的医者仁心。陈自明不仅医术高明，医德也非常高尚，治病不论贫富，一视同仁，随到随诊，对特殊困难者，不取分文。对于贪求患者钱财的庸医，陈自明斥为“用心不良”。

三位尚书齐称道

一部著作能得到三位尚书大人的撰序，已经实属罕见，何况医籍，但南宋末年盱江医家黎民寿的《简易方论》便有此殊遇。景定元年（1260），《简易方论》即将刊刻，包恢、陈宗礼、冯梦得三位尚书纷纷撰序，撰序的还有吏部侍郎邓垧，可谓一时盛事。包恢（1182—1268），字宏父，一字道夫，号宏斋，南城县人，累官至刑部尚书；陈宗礼（1203—1270），字立之，号千峰，南丰县人，累官至礼部尚书、签书枢密院事；冯梦得，字初心，一字景说，南剑州将乐（今福建将乐县）人，宋嘉熙二年（1238）进士，历任给事中、礼部尚书等；邓垧，又名均，南城县人，官至吏部侍郎。黎民寿到底是个怎样的医家，《简易方论》是部怎样的医籍，何以引来这么多尚书点赞？

黎民寿，字景仁，号盱江水月，南宋建昌军南城县（今江西省南城县）人。除了《简易方论》，黎民寿还著有《玉函经注》《决脉精要》等。黎民寿出身儒学世家，其父曾与包恢同赴京师参加礼部考试，可惜名落孙山。黎民寿自幼承袭家学，以科举功名为第一要务。然而命途多舛，屡考屡挫，于是感叹道："我既然不能以科举光耀门楣，那就用医道来济世救人。"黎民寿以医济世的初衷，与以医谋利的泛泛之辈相比，在格局上已经高远了许多。加上有深厚的儒学根底，他对医理的理解自然比常人更加透彻，看问题能看到本质，医术精进很快。包恢曾把黎民寿比作北周时的名医姚僧垣，称赞他有姚僧垣之遗风。可是姚僧垣的医术秘不外传，而黎民寿却唯恐别人不知道自己的医术，慷慨大方编纂《简易方论》，将自己的医术、医方公之于天下，使人人都可以按照他的方法、医方来治病。黎民寿天性恬然寡欲，视病人的病犹如自己的病，感同身受，所以在对待病人时，能做到不怠慢，不厌烦，柔声细语，温文尔雅。精湛的医术加上高尚的医德，前来找黎民寿诊治的人非常多，终日应接不暇。黎民寿对病人一视同仁，从不问病人贵贱、贫富、美恶，心无旁骛，孜孜以拯救为务。黎民寿对病人经常慷慨相助，视金钱如粪土，但是对自己却很“苛刻”，日常起居但求温饱。平生绝不饮酒，不吃肉类荤腥，甚至油盐都不进。每天就早晚各吃一餐，或白饭，或白面。这样近乎苦行僧似的生活，哪怕是贫民寒士也未必做得到，而黎民寿却恬然处之。他心无杂质，真正做到了无欲无求，唯有治病救人一念在心，虽然救人无数，却从不自夸炫耀。

陈　序

儒之真者，能以道济天下；医之良者，能以术活人。均之为仁也。然儒必得时得位，始可以及物。医则随其力之所到，以保生延年，以扶衰拯急，故可用为尤切。世道不古，儒或以鲁莽应时需，而医亦如之。欲吾民之有瘳也，艰哉！吾郡黎景仁，读神农、黄帝之书，参以释氏之皮肉骨髓，内以理一身之阴阳，外以为人驱疾解疢。初注《玉函经》既行于世矣，今又为之书。自太乙之真精，以及二情、三焦、四大、五常、六气、七窍，推至百脉之盈虚，万病之进退，莫不考订细微，窥测幽妙，而为之论。各据古方，增损发明以拯疗之。又不自私其所见，推以与众共之。以其艺之精通与其心之普济，可谓仁术也已矣。余虽由儒冠跻禄仕，未有以康时济物。故读黎君所述而乐称之，且以勾輗云。

景定改元八月既望千峰陈宗礼书于斯文堂

◎人民卫生出版社2010年版《简易方论》中的“陈序”

逸名医家不苟取

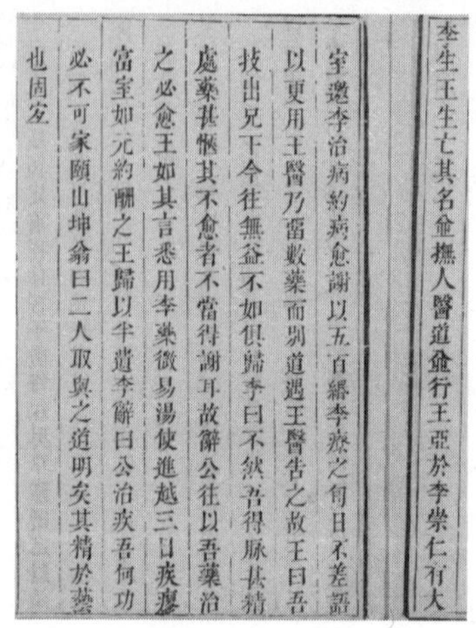

李生王生亡其名並撫人醫道並行王亞於李崇仁有大
室邀李治病約病愈謝以五百緡李療之旬日不差語
以更用王醫乃留數藥而別道遇王醫告之故王曰吾
技出兄下今往無益不如俱歸李曰不然吾得脉甚精
處藥甚悵其不愈者不當得謝耳故辭公往以吾藥治
之必愈王如其言悉用李藥微易湯使進越三日疾瘳
富室如元約酬之王歸以半遺李辭曰公治疾吾何功
必不可家頤山坤翁曰二人取與之道明矣其精於藝
也固宜

◎雍正版《抚州府志》卷三十中有关李医、王医的记载

在宋代，抚州城内有两位医技高超的医家，一位姓李，一位姓王。由于历史久远，他们的名字已经淹没在历史的风烟中，我们姑且称他们为李医、王医。但是，他们的事迹却通过文字记载而永不磨灭。他们不炫虚名，不行嫉妒，义不苟取的高尚医德，至今让人津津乐道。

当时李医和王医两人医术旗鼓相当，李医略胜一筹。两人相互雅重，引为知己，平时经常一起切磋探讨。李医对王医不恃不傲，有问必答，知无不言；王医对李医不谄不妒，诚心求教。当时崇仁县有一富户患上急难之症，已经把崇仁县的名医请了个遍，然而群医束手，徒呼无奈。富户家属就跑到抚州城来请名医，打听到李医和王医是抚州城最顶尖的医家，而李医又比王医要高明一点点。于是就先延请李医诊治，并承诺病愈后给予五百缗（一缗为一千文）的重金作为酬谢。治病救人乃医者本分，就算没有五百缗的报酬，也当义无反顾。李医收拾收拾，便立即奔赴崇仁县城。一到病家，李医便忙于诊察病人。望、闻、问、切之后，李医心中有了个底，尽管难治耗时，但是完全在自己经验范围内，治愈问题不大。之后，李医每天复查施药。尽管富户依然气短脸白，食欲不佳，但是脉象渐趋平稳，一切都在李医的预期内。这样不知不觉就过了十来天。这一日，富户的儿子突然把李医叫到书房，责问他为什么自己的父亲依然卧床不起，丝毫不见起色。李医解释说患者状况已经好转不少，已无大碍，再调治几天就能痊愈。可是少东家心忧气急，根本听不进去，当场就要辞退李医，另请名医。李医也无话可说，留下几天的药后便告辞回抚。巧合的是，路上遇到匆匆赶往崇仁的王医。原来，富户另请的名医恰是王医。两人见面一番寒暄，王医得知李医正是从崇仁富户家返回的，不禁直言道："我医技在你之下，你都没治好，我去又有何用?"于是就打算跟李医一起结伴返回抚州。谁知李医却连连摆手说："不必如此。我对这个病人的情况还是很清楚的，处药精确，病人正在好转，但是需要时间，家属焦虑不安，我也能理解。我走时留了方子，你按我的方子治，很快就会好的。"

王医到了崇仁后，一番诊察，果然如李医所说，于是便萧规曹随，继续用李医的方子，稍微加减施治。不出三日，富户就能起床行走，正常进食。少东家一看老父这么快就好了，直夸王医真乃神医，爽快地按先前的约定支付王医五百缗报酬。王医拿上报酬回到抚州，第一时间来到李医家，打算分一半的报酬给李医。李医坚决推辞说："病是你治好的，你理应得到这些报酬，我怎么能能跟你分这笔钱呢?"

八旬知县敬其德

南宋景定三年（1262）六月的一天，艳阳高照，酷暑难耐，偌大的抚州城内万人空巷，大家都躲在家里不敢出门。城东的永安寺禅音绕梁，旁边还有清冽的一滴泉，更有拟岘台这样的名胜古迹，自然是人们避暑的好去处。难怪来抚州出差的官员们宁愿住在这整天吃斋饭的寺庙，也不愿去驿馆。这不，时任乐安知县易子安就带着几个随从住在这寺庙。

易子安，湖北荆襄人士，端平元年（1234），50出头才考中了个举人。但是直到景定三年（1262）春天，才得到一个空缺，来到乐安任知县，时年已近八旬。此次是易知县第一次乘船从乐安到抚州城公干，没想到还没来得及夜游拟岘台、一品一滴泉呢，就先病倒了。寺僧中也有略通医理的，初步判断是为炎蒸酷暑所伤。寺僧不敢怠慢，赶紧帮忙请医问药。可是，医生换了一个又一个，易知县的病却始终不见好转。这可怎么办？这时住持对易子安说，城郊二都中洲有一位名医，正好与他同宗，医术高超，只是这么热的天，不知道他愿不愿意来。易子安一听，忙让随从备好厚礼，并带上自己的亲笔信去请这位易郎中。令人意外的是，当日中午，易郎中便顶着烈日赶到了永安寺。这位易郎中大概60来岁，生得雍容儒雅，气宇轩昂，一看便是饱读诗书之士。诊察过后，易郎中便给知县大人扎针。神针过处，易子安全身一震，顿觉清凉舒畅，之前的烦闷乏力之感全无。易子安心里暗暗称奇，加上是同姓宗亲，于是便跟易郎中攀谈起来。一问之下，得知易郎中名志谦，早年学儒，博通地理，洞达阴阳，经史子集，更是对答如流。此后易志谦又到永安寺给易子安诊治了几次，再来时双方已经是宗亲好友了，不再生分。待到病愈，易子安还特意宴请易志谦表达谢意。两人推杯换盏，倾心恳谈，易子安越发觉得易志谦悲天悯人、厚生正德，真是一位儒医。这期间，易子安也从旁听闻了易志谦行医诊病的种种德行善事。原来易志谦祖上也是官员，到他父亲易子信开始行医。易志谦本来住在抚州城西隅，华堂豪宅，气派不凡。但是易志谦天性恬淡，不喜欢城市喧嚣，于是便到城郊的中洲买地置宅。易志谦治病从来不计较报酬，确实没钱的患者，易志谦不但不收钱，还把患者安顿在自己家，包吃包住包给药。深交后，易子安对这位宗亲医家更加敬慕，两人引为知己。此后书问往来，易志谦从来不以私事相求。两年后，易子安辞去乐安知县职务，乘船北归，路经抚州城。舟行至萧公渡，易子安不禁想起了宗亲兄弟易志谦。他在萧公渡弃船登岸，独自一人步行十余里来到易志谦家，只为特意来向他辞行。易志谦一看堂堂知县居然亲自跑到家里来看他，高兴得不得了。恰在这时易志谦家正在构建新居，于是易志谦便恳请易子安多住几天，顺带帮他新居写篇记文，易子安欣然答应。待到新居建成，记文已毕，易志谦还要挽留，易子安婉言谢绝。临走时，他拉着易志谦的手说："但愿你的后代们能继承你的志向和事业，医国医民医天下。"

吴澄将之拟仓公

元泰定三年（1326），78岁高龄的硕儒吴澄在修纂完《英宗实录》后向朝廷递交了辞呈，打算就此辞官，从此不问政事。尽管朝廷一再挽留，但是去意已决的吴澄没有坐等朝廷的批复，便只身离开了京师，重返故里崇仁县咸口里（今属乐安县鳌溪镇），过上了含饴弄孙、安享天伦之乐的归隐生活。虽然不时还是有门生故吏登门拜访、书问往来，但是总体上，咸口里是平静的，吴澄的生活是闲适的。

时间过得很快，一转眼就到了至顺元年（1330）春。这一天，原本祥和平静的咸口里却突然变得异常令人压抑，吴家上上下下个个脸上都挂着焦虑悲伤的神情。原来，吴澄的侄孙吴春突患奇疾。尽管已经连续到崇仁县城和抚州城请了好几位名医来诊治，可是都表示这病见所未见、闻所未闻，恐非药石所能救，一个个摇着头离开了吴家。吴澄虽然不学医，但平时也饱读医籍，像《黄帝内经》《伤寒论》《难经》《脉经》这些医家经典都烂熟于胸，对于医理也有几分精通，而且平生爱好结交医生，尤其是名医。然而这个当口，他把那些名医好友在心里过了个遍，却实在想不出有谁能妙手回春，救他侄孙一命。

眼看着吴春的病情一天天加重，82岁的吴澄也只能长吁短叹。这天，从邻县乐安来了一位朋友，言谈之中得知吴春的病，便向吴澄举荐了乐安县云盖乡流坑村一位叫董起潜的医生，说不妨找他来试试。云盖乡董氏乃世宦望族，宋代的时候以科举起家者不下百人，董德元还曾高中恩科状元。董起潜，这个名字怎么这么耳熟呢？哦，吴澄想起来了，几年前刚回老家的时候在一个朋友处见过，大概也有70来岁的样子。只是当时仓促之间，未得与董起潜深谈，对其医术不甚了解。不过事已至此，也只能尽人事，听天命了。想到这里，吴澄赶紧叫来管家，吩咐他备好诊金，亲自到乐安云盖乡流坑村去请董起潜来家给吴春诊治。从咸口里到流坑，来回两百来里，第二天下午，董起潜才急匆匆赶到了吴家。顾不得车马劳顿，董起潜便投入到吴春的诊治中。在董起潜的悉心治疗下，很快，吴春的病情就有所好转。吴澄偶尔趁董起潜闲暇之时与他拉拉家常。原来董起潜年轻的时候也是儒生，准备博取科举功名的。但宋亡后，元代不兴科举，董起潜便弃儒习医。因此，吴澄与董起潜有着不少共同话题，随后便结为知交好友，经常一起探讨医理。董起潜侃侃而谈、头头是道，对于阴阳造化、脏腑经络了如指掌，尤其精于脉诊。吴澄不由得感叹，这乡间僻壤竟然有如此医理通透、医术精湛的医家，大有相见恨晚之意。大约半个月后，吴春的病也渐渐好了，董起潜便辞别吴澄返回流坑。这年冬天，应吴澄之邀，董起潜再次来到咸口里做客，宾主相谈甚欢。临别之际，董起潜提出给吴澄诊察一下身体状况，吴澄欣然答应。董起潜对吴澄进行了一番切脉，提醒吴澄明年夏秋之交会有重病，到时候自己会来诊治，吴澄半信半疑。

转眼就到了第二年六月，吴澄果然病发，忽冷忽热，时好时坏，医生都说是疟疾。董起潜如约而至，他告诉吴澄说："您的病像疟疾，但不是疟疾，如果当作疟疾治疗，那就大错特错了。您六脉浮紧，右寸口独浮而短，外证有寒热，胸膈气滞，这是肺气内伤所致，要先以五膈宽中散畅导其气，再用桂枝加附子汤温散表邪。此外，您两尺脉弦迟，这是肾气虚寒所致，要用四柱散加姜桂以暖下部。而脾脉微弦，则需用治中汤加附子以理中焦，再交替间隔着服用参香饮、参苓白术散，这样才能慢慢恢复。"在董起潜的悉心治疗下，仅仅四帖药后，吴澄就痊愈了。吴澄对董起潜的医术佩服得五体投地，直把他比作西汉时期的名医仓公淳于意，并且效仿司马迁《史记·仓公传》给董起潜作传。吴澄由衷地感叹："倘若天下的医家个个都像董起潜那样，天下的病人都能遇到董起潜这样的医家，那么天下人都能长寿百年，哪里会有夭亡呢？良医之功，在其博济百姓上跟良相又有什么差别呢？"由于有吴澄这样重量级的大儒点赞、推重，董起潜很快声名远播，甚至在整个江西都颇有名气。

医不精不足活人

元统元年（1333），元宁宗驾崩，元顺帝登基，崇仁乡贤，时任奎章阁侍书学士、通奉大夫的虞集却突然称病告假回到故里崇仁。坊间议论纷纷，一朝天子一朝臣，作为耆老硕儒的虞集是不是不合新帝的口味？早过了耳顺之年的虞集对于外界的议论倒是完全不在乎，他也无暇在乎，因为他确确实实是生病了。这一年八月，恩师吴澄已然仙逝，虞集更感觉到生命的宝贵，打算就此退休，好好养病，安享晚年。可是这场病却一直不见好转，而朝廷也在密切关注他的健康，期待他早日康复，重回政治中枢。这不，第二年春暖花开之际，等得不耐烦的朝廷直接派遣使者到崇仁宣旨召他回京，于是虞集只能拖着病体踏上返京之路。可是，刚走到抚州城，虞集的病情进一步加重了，他实在难以继续上路。无奈之下，使者只能先行返京复命，而虞集则留在抚州城治病，打算等到病愈再自行回京。

皇命在身，又是朝廷重臣，抚州地方官丝毫不敢怠慢，给虞集延请了当时抚州城最有名的医生黄东之。黄东之这一年已经 81 岁高龄，长得身材魁梧、红颧白须、浓眉大眼、气宇轩昂。一番望闻问切后，黄东之便给虞集扎针施药。不到半个月，虞集的病一朝豁然。虞集惊叹不已，便细问起黄东之的医技来历。原来，黄东之原是农家子，名大明，字东之，本为黄姓，高祖入赘游氏，故而改姓游。这次有幸结识大儒虞集，黄东之乘机把自己多年的一个心愿告诉虞集，就是他想改回黄姓，问虞集合不合乎礼法。虞集赞同他的想法，于是黄东之便改回了黄姓。

黄东之年轻时遭逢宋末战乱，一家人东躲西藏、颠沛流离，父亲和儿子先后遇害，几近于家破人亡。一次因缘巧合，黄东之遇到了一位方外高人传授他治小儿病方。开始试着用了几次，结果都很见效，生计无着的黄东之便决定以医为业。为了进一步提高自己的医技，黄东之又拜同乡前辈许文叔为师。许氏是儒医世家，兄弟子侄个个能医善治，纷纷著书立说。不过许氏医术深奥难懂，一般人根本学不会。黄东之跟随许文叔刻苦攻读，贪婪地吮吸许氏医术精髓，医术一日千里。随着医术日益精湛，名声越来越大，上门求治者也越来越多。但黄东之对于报酬却毫不挂怀，没钱的穷人，黄东之随病家给多少，不给也不在意，给多了还退点回去；如果病人是富贵之家，给多了他也不推辞。高尚的医德加上精湛的医术，黄东之很快成为不少年轻人的偶像，很多人都想跟随他学医。但是，黄东之把医学看作很神圣的事情，没有学医资质的，给再多钱也不教，以免误人前程。同乡有个家里还算殷实的小伙子很仰慕黄东之，带着25亩良田的田契作为拜师礼，想拜黄东之为师，跟随他学医。黄东之平素对这个小伙子也十分了解，婉拒他说："你资质一般，学医很难成功，不值得为此搭上田产。如果你田产没了，将来医又没学成，以后生活都没有着落了，划不来。"尽管黄东之挑选徒弟条件比较苛刻，但是挡不住大批粉丝登门求教。其实大多数人都资质平平，而且有些人是指望学医有成后以医为业发家致富呢。黄东之只能不厌其烦地解释："学医如果不精，不但不能救人，反而很轻易就杀了人。"求教者中难道就没有人能入黄东之的法眼吗？当然也不是，金溪人危素便是其中凤毛麟角者。危素父亲危永吉也是医生，而危素师从吴澄学儒。黄东之称赞危素能静得下心来博览群书，又能淡泊名利，不为钱财所动，因此倾囊相授。当然，危素学医只是业余爱好。黄东之非常注重积累临床经验，并通过著书立说把经验传承下去。行医之余，他先后著有《保婴玉鉴》4卷、《伤寒总要》3卷、《脉法》3卷、《集验良方》6卷等，可惜这些医籍都已散佚。后至元二年（1336）十一月二十一日，84岁的黄东之临终之际自信地对子孙们说："我平生从没有因为妄医而致人于死，死后不需要用寺僧、道士做法事。"言罢，一代名医溘然长逝，他无愧于天地，坦坦荡荡。虞集得知黄东之去世的消息后，饱含深情地为他撰写墓志铭，黄东之也得以流芳百世。

家传医方慷慨献

南丰危氏累世业医，追根溯源，则肇始于危亦林的五世祖危云仙。据说当时危云仙机缘巧合，在开封幸遇东汉末年三神医之一的董奉的二十五世孙董京。董京与危云仙一见如故，非常投缘，又看危云仙聪明好学，为人诚恳质朴，不慕名利，便把董氏家传内科医学传授给他。此后危云仙在南丰行医，名声日隆，也开启了南丰危氏家族累世为医的序幕。危亦林的伯祖危子美则博采众长，先后跟随临江（治所今江西樟树临江镇）刘三点、建昌路新城县（今黎川县）陈氏学习妇科，师从杭州田马骑学习正骨、金镞等科。祖父危碧崖又传承黎川大磜周氏儿科，伯父熙载又跟随福建汀州路（治所在今福建省长汀县）程光明学习眼科，追随南城县周后游学习治疗痨病。四世先辈前赴后继、勤勉奋发、博采众长，奠定了危氏医学深厚的家学渊源，最终才有危亦林名列江西古代十大名医的显赫成就。

危亦林（1277—1347），字达斋，元代南丰州（今南丰县）人。危亦林从小就聪明好学，由于家庭影响，他从小就对医学表现出浓厚的兴趣，并且也接受了一些医学启蒙熏陶。但是诚如科举时代所有家长一样，危亦林的父亲还是希望他能走科举之路，登上仕途。因此，危亦林少时便饱读诗书，经史子集无不精通。但是因为元代科举不昌，20 岁时，危亦林弃儒习医。危亦林对自己的要求非常严苛，他常以“工欲善其事，必先利其器”来自勉，告诫自己医学乃至精至微之事，一定要把医技学好，没有精湛的医技，就不可能为患者解除病痛。他一方面饱览经典医籍，吸取危氏四代医学积淀的营养；另一方面又不满足于家学，游学四方，寻访名医，谦逊好学。他先是向本地斤竹江东山学习疮肿科，又跑到临川向范叔清学习咽喉科、口齿科。正是在不断地学习别人长处的过程中，危亦林逐步形成了自己“对病而知证，因证而得药”的医学体系。学成后，危亦林开始是在南丰自主行医。由于医术高超，很快成为南丰本地的名医。天历元年（1328），51岁的危亦林由地方官举荐，担任南丰州医学学录，以医入仕。不久，转充官医副提领。在长期的医学实践中，危亦林发现“方浩若沧海”，一般人根本看不过来，有时候面对茫茫方书，反而无从选择。于是他决定编纂一本实用性很强，又方便查找、内容简练的方书。同时，这样一部方书还要方便后世学医之人作为学医的参考书。为此，他潜心整理家传医方，十年寒暑不辍，编成一书，名曰《世医得效方》。该书分大方脉、杂医科、小方脉科、风科、产科兼妇人杂病科、眼科、口齿兼咽喉科、正骨兼金镞科、疮肿科、针灸科、祝由科等，几乎涵盖了古代医学各个门类。书成后，危亦林无偿捐献给民众、社会。要知道，在古代有秘方之说，多少医家凭祖传的一个秘方给人治病就能发家致富，衣食无忧。如此宝贵的秘方，医家哪里肯轻易示人，更别说写成书无偿贡献出来？而危亦林却将家族五世所积累的验方拱手献出，由南丰州医学和江西医学提举司提交给太医院进行校订。至正五年（1345），《世医得效方》刊刻发行，成为各行省使用的医疗手册，惠及无数病患。此书后来传到日本、朝鲜等国，让更多的人从中得到好处。

折股反以德报怨

直躬为惠不为贪，股折肱存幸未三。
施报稍乖疑有怠，精坚自誓转无惭。
人虽微疾肯坐视，药试奇功在立谈。
丹候孰知消息事，相逢一笑问图南。

这是元代大儒、崇仁乡贤吴澄赠临川医家陈良友的一首诗，诗歌夸赞陈良友高超的医技和高尚的医德。然而这首诗背后的故事，既令人悲愤，更让人感佩。

陈良友，临川人。祖父和父亲都行医乡里，保障乡民健康。因此，陈氏虽然算不上什么名门望族，但是在乡里也挺有分量的。到了陈良友这一代，更是丝毫没有把行医当作发家致富的手段，而是将其视为服务乡邻的事业。陈良友给人看病，从来不问诊金，随病人给多少拿多少，从不计较多寡。然而，宋末元初，天下大乱，大家日子都不好过。于是一些游手好闲的年轻人便组成小团伙横行霸道，欺压良善，鱼肉乡里。一天，几个小年轻跑到陈良友的诊室，要陈良友交纳高额保护费，否则别想在这混。陈良友平时就没攒下什么积蓄，更不能把保护费转移到病人头上去。再说这几个小年轻也是邻村的，陈良友都认识，料想他们也不会怎么样，就没答应他们。谁知这几个年轻人来者不善，看陈良友不答应，二话不说就把陈良友连拉带拽地带到荒山野岭，在反复逼问保护费不得的情况下，几个小年轻狠心地将陈良友推到深沟里。这一推不要紧，直接导致陈良友两条大腿骨折。陈良友痛得撕心裂肺，沟上的年轻人却不管不顾，扬长而去。也不知道过了多久，陈良友家属才闻讯找来，大家合力把陈良友救出了深沟。尽管陈良友自己就是医生，尽力救治，伤腿略有好转，可是终因伤势过重，落下终身残疾。从此，陈良友做什么事情都只能倚靠着墙或门等支撑物站立，哪怕是走动几步都要拄着拐杖。这样一个在乡里救死扶伤的大善人，却落得如此悲惨的下场，街坊邻居、亲朋好友都为他愤愤不平：“这样的好人，却得到这样的恶报，难道是老天瞎了眼吗？”陈良友却处之泰然，依然每天微笑着接诊每一位病人，甚至比以前更细心用心，更豁达温和。因为经历了双腿骨折的病痛，他更理解病人的苦楚，更懂得医家的技术和德行对病人的重要。然而他从不满足于自己的医技，治病之余，仍孜孜不倦地苦读医书，以期医术精益求精，更好地服务于病人。陈良友，真是人如其名的好医生，是每一位病人的良友。当时的翰林院学士、南城乡贤程钜夫听闻了陈良友的遭遇后，不仅自己欣然作诗颂扬他的美德，而且把陈良友的事迹告诉同窗好友吴澄，请吴澄写文章宣扬他的感人事迹，这便有了本文开头的那首诗。

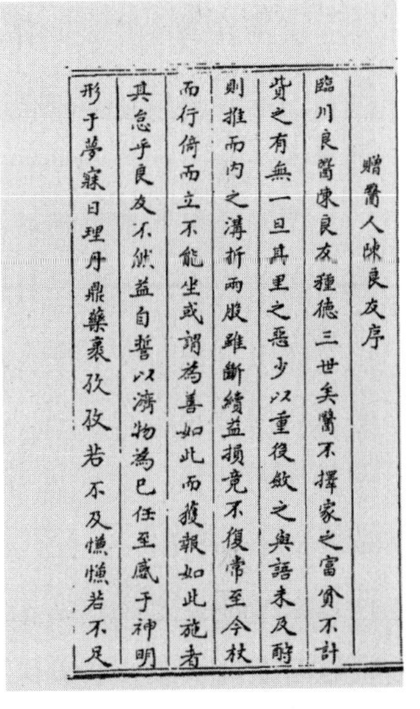

贈醫人陳良友序

臨川良醫陳良友種德三世矣醫不擇家之富貧不計
貲之有無一旦其里之惡少以重役斂之與語未及酧
則推而内之溝折兩股雖斷續益損竟不復常至今杖
而行倚而立不能坐或謂爲善如此而獲報如此施者
其怠乎良友不然益自誓以濟物爲已任至感于神明
形于夢寐日理丹鼎藥裹孜孜若不及憔憔若不足

◎《吴文正集》(《四库全书》文渊阁版）卷二十七中的“赠医人陈良友序”

耿介直男伴应诺

吴澄在为《医说》作序时曾惊叹："何盱江独多工巧之医与!"他的感叹，乃是纵览盱江在宋元之交名医辈出而发，而由头便是《医说》的作者严寿逸。

严寿逸祖上本是新城县（今江西省黎川县）人，后徙居南城县城西隅。其曾祖严人杰，为南城县医学教谕。此后数代都以儒为业，实为儒学世家。严寿逸生于至元十五年（1278），从小聪慧过人，刚入私塾便能对对子，一时被视为神童；长大后，善诗文，曾作《拟陶诗》若干卷，也即追慕陶渊明田园诗风格，元代大诗人揭徯斯为之作序。然而宋亡元兴，科举被废，读书似乎没啥出路。元代是一个崇尚武功的朝代，南征北战难免官兵受伤，所以医家地位之高前所未有。为了满足长期征战的需要，朝廷下令各地开设医学专门学校，培养医生。而选拔的标准必须是儒学世家子弟，严寿逸顺理成章入选。教官先讲《黄帝内经》，同学们需要学三遍才能领悟大略，严寿逸只需要一遍就通透旨趣。这样聪明的学生，自然深得老师的喜爱，时任教官吉安曾某昭对严寿逸就特别器重、关心。后来严寿逸调任吉州路医学教授，到任后，严寿逸做的第一件事便是去拜谒恩师曾某昭之墓。看到恩师家后代比较穷，严寿逸捐钱资助。

毕业后，严寿逸很快在工作中展现了过人的医技。学而优则教，不久，严寿逸便被选为南丰州医学正，一边行医，一边教学。严寿逸在南丰的医名，连远在京师的朝中重臣、南城乡贤程钜夫都有所耳闻。严寿逸因公到北京出差，程钜夫热情款待他，并且把严寿逸介绍给当时在国子监教书的大儒吴澄。既然是老同学程钜夫介绍的，吴澄当然很重视，但是并没有真正心悦诚服，因为吴澄自己就精通医理，而且结交了很多名医朋友。严寿逸请吴澄为他的医籍作序，吴澄也权当一般性应酬敷衍一下。一日，吴澄突然得了一种奇怪的病，早上一切都正常，能吃能喝，可是到了晚上却一点胃口都没有，完全吃不下。虽然延请了各路名医，竟然连病因病机都没摸清楚，更别说开方施药诊治。恰好这一天严寿逸登门拜访，于是吴澄便请他看看。严寿逸诊察后，确定为血枯症，给开了个小方子，病很快就好了。吴澄这才真服了，心里的大石头也总算可以放下了。原来吴澄一直为他给严寿逸几部医籍所作的序言中的客套话惴惴不安，唯恐吹牛吹大了。经过这次诊治，吴澄认可严寿逸的医技，相对吴澄在序言中的夸赞，严寿逸的医技有过之而无不及。有了治愈吴澄这种社会名流的"活广告"，严寿逸的医名很快就在北京传开了，前来问诊者不计其数。但是，严寿逸恪守医德，无论是什么人，一视同仁，以礼相待。如果富贵人家略有傲慢神态，立马拂袖而去。

此后，严寿逸调任临江路（治所在今樟树市临江镇）医学教授。当时临江下辖的新干县有一个地方豪绅刁民犯法了，花重金贿赂好了官员，想以有病免刑，这就需要医生给开检验报告了。于是犯罪嫌疑人家属在前一天晚上登门贿赂严寿逸，承诺事成之后另有重谢。直男严寿逸这时却有了"鬼点子"，他担心自己如果不答应，这个犯罪嫌疑人家属就会去找更大的官员贿赂，直接绕开自己。为了不打草惊蛇，严寿逸便假装答应。到了第二天体检现场，严寿逸当场戳破嫌疑人诈病诡计，让坏人得到应有的惩罚。严寿逸的性格就是这样，耿介刚直，对人对己都有几分苛责，还真有点直男风范。

瑞竹堂里集验方

南宋，建昌军的一把手在建昌军设军药局，医人身与心。元代，建昌军改建昌路，建昌路又有位一把手萨德弥实亲自整理药方书，书成后定名《瑞竹堂经验方》，对后世医药产生了较大影响。

萨德弥实，字谦斋，又叫萨谦斋，是位蒙古人，也有研究者认为他是回族人。他的名字也有几种译法，吴澄写成萨得弥实，《四库全书》写成沙图穆苏。他在元泰定年间出任建昌路总管。他在建昌路一是兴学，二是兴药。建昌路下辖南城、南丰、广昌、新城四县。这里一直以来教育发达，北宋时李觏在家乡南城创办了盱江书院，“唐宋八大家”之一的曾巩、官至副相的邓润甫等就曾就学于李觏。萨谦斋在南城创办了建昌路庙学，并请吴澄写了《建昌路庙学记》。吴澄在学记中指出：“虽侯累任风宪，廉能声实著于远迩，今为民父母，有治有教，其美可书也。”兴学是教，兴药是治。吴澄在为他的《瑞竹堂经验方》一书所作的《瑞竹堂经验方序》，对这一政绩情况进行了介绍。从吴澄的介绍看，他是一位有仁爱之心，又有好德声的官员，有成百上千的老百姓受到他惠泽。虽然他是一位官员，但他在公余闲暇时，特别关注医药方书，常常探究人类疾病的缘由，审验药物的使用。有时他从王公贵人家里，或者从隐逸高人的手上，得到了神异的药方，因为《易简方》等书没有记载，都要再三与和剂方比较。“遇有得必谨藏之，遇有疾必谨试之，屡试屡验，积久弥富。守盱之日，进一二医流相与订正，题曰《瑞竹堂经验方》。爰锓诸木，以博其施，一皆爱人之仁所寓也。既仁之以善政，复仁之以善药，孰有能如侯之仁者哉！”

萨总管本着谨慎的态度对待药方，并对药方用药进行试验，同时请建昌路的医家对于这些药方进行订正，然后汇编成册。萨总管之所以能这样做，在吴澄看来，那是因为他有仁爱之心。既然有仁爱之心就施善政，又将仁爱之心施之于药，这样也成就了萨总管是一位大爱仁者。当然，萨总管不是一名医生，是一名地方官员，但本着一颗仁爱之心，研究药，推行良方，让天下人受益。

有趣的是，萨总管在建昌路南城县的居所取名为“瑞竹堂”。为什么取这样一个名字？那是因为他的住处插竹为篱笆，竹子生根，根而又生枝叶，人们以为这是祥瑞之兆，萨总管就题“瑞竹堂”的匾挂在自己住所。

为《瑞竹堂经验方》作序的吴澄也是位大人物，元代理学家，因其所屋有侍御史程钜夫所题写的“草庐”二字，学者称他“草庐先生”。由于程钜夫的举荐，征诏他为应奉翰林文学登仕郎、国子监丞，后又升为司业，再升翰林学士，进大中大夫，开经筵时为讲官之一，泰定皇帝亲自临听，大为称赏。王都中在泰定丙寅（1325）九月也为此书作序，对于萨总管也是称赞有加。他说：“谦斋先生沙公，志文正之所志，学文正之所学……兹为建昌守，殆将小试龚黄事业，为异日姚宋张本良相之效，岂不著哉？然公犹以为未尽，乃退而考订名医方书常经验者，分门别类为一十五卷，锓梓郡庠，因目其书曰《瑞竹堂经验方》，将以惠斯世。”同样，王都中肯定了萨总管是志范仲淹之志，学范仲淹之学，当下做的是汉之龚遂与黄霸循吏事业，他日必将腾达如唐玄宗时贤相姚崇、宋璟。“俾人诵兹集书者，不惟知公之心良于医，又当知公之志良于相，二者皆自其心中之流溢也欤。”王都中也是一位重臣，写此序之时正是在福建道宣慰使都元帅任上，《元史》称他“历仕四十余年，所至政誉辄暴著，而治郡之绩，虽古循吏无以尚之。当世南人以政事之名闻天下，而位登省宪者，惟都中而已”。

萨谦斋也由此得到了时人的称赞，如虞集就写诗称赞他。诗云：“华盆插竹忽生根，枝叶青青向晓敦。直节有生资地力，虚心无愧荷天恩。萨公堂上今重见，莱国祠前孰更论。但得清风千古在，常抚筇杖看淇园。”程钜夫也有《萨德弥实谦斋御史瑞竹诗》称赞他：“江南御史弹琴处，插竹为椤竹自成。不见稚丛缘节上，浑疑邻笋过墙生。清阴已比甘棠爱，直气先占衣绣荣。回首荆台旧亭下，高枝应有凤凰鸣。”

《瑞竹堂经验方》的医方来自民间，来自实践，是百姓的智慧结晶，又经编纂者反复证验过的有效药方，后又交付给医家、百姓使用，对后世产生了较大影响。明代朱橚《普济方》、清代丁嘉鱼《当归草堂医学丛书》等都收录了本书中的一些方剂，明代李时珍的《本草纲目》也参考本书，收录本书的一些药方。而有意思的还有在明代万历年间，河南周口刘氏开了家萨谦斋瑞竹堂药铺，医生坐堂行医使用的就是《瑞竹堂经验方》，此药铺一直经营至1956年公私合营时才取消堂号。

世宦子弟酷嗜医

金溪县城学前里王氏，自永乐二年（1404）王英中进士后，累世功名，盛于一时。令人称奇的是，这样一个科甲世家，还出了一批医术精湛、医德高尚的医家，而肇始者，便是王英的第五子王禴。

王英，字时彦。父亲早亡。母亲乃书香门第曾氏大家闺秀，一心要培养王英成才，家里没钱就变卖嫁妆，嫁妆卖完了再变卖田产。王英也不负母望，永乐二年中进士，此后一路升迁，累官至南京礼部尚书。王英生有 5 子，长子王裕宣德元年（1426）进士，最后做到了四川按察使。按说像王英这样的簪缨世家，其子弟弃儒习医的极少见。王英仕途一直比较顺利，深得永乐、洪熙、宣德等皇帝的信任，门生故吏遍天下，即使子弟科举不遇，谋个一官半职也绝非难事。王英次子王祐、三子王祺便都是靠举荐做了学官，而四子王祯则是以恩荫授官。然而，王英的第五子王禴却矢志医学，以医入仕。

王禴，字昌正，别号拙庵，生于永乐十七年（1419），此时距离王英中进士已经 15 个年头了。王禴长得雄伟奋拔，气度不凡，识大体，不拘小节，落落大方。出生于官宦之家，考科举夺功名当然是人生首要事情。王禴也的确参加了几次科考，可惜都名落孙山。于是，他以“不为良相，则为良医”自励，转身钻研起岐黄之术来。王禴原本就天资聪颖，又有儒学根基，很快就在金溪县小有名气。时任金溪知县、浙江宁波人孙亶便举荐他为医官。可是作为名公巨卿、朝中重臣之子，在没有得到父亲应允的情况下，王禴是不敢终止科举之路，擅自就答应去做医官的，故而他推辞再三，最后还是没有能推掉，只能勉强上任。不过，很快他又以生病为由辞掉了这份工作。辞职后，王禴便到北京去看望父亲王英，原本打算当面向父亲请示自己想弃儒从医的想法，没想到王英不久后病故。守孝三年后，景泰四年（1453），时任江西巡抚韩雍见王禥很有才干，便让他督管粮储。结果王禥干得有声有色，上司、同僚们对他刮目相看。金溪县学重修，当局想扩大规模，正好学宫西边的空地是王禥的私产。王禥知道后，慷慨地把自己的空地无偿让给县学搞扩建。成化九年（1473），朝廷开明医科，诏取天下名医，55岁的王禥应选高中。此后擢升南京太医、将仕郎、惠民局大使。由于业绩出色，三年后王禥又升为北京太医院御医。然而，天妒英才，王禥还没有来得及在北京太医院施展他的才华，便不幸染病去世，终年60岁。尽管王禥晚年才以医入仕，在南京太医院只干了三年，但是其医术、医德却得到广泛认可，英国公张懋、礼部尚书邹彬、工部尚书王来等都曾有诗文寄赠。王来在《送王医官昌正还金溪》中写道：

青年才学富，董事见勤劳。
赋足民无扰，官车道自高。
良医侔相业，利器别豪曹。
想到金溪日，南塾熏杏桃。

诗歌称赞王禥才学宏富，又做事勤劳，其济民之功可与良相相媲美。陕西按察副使、临川乡贤伍福为其撰写行状（生平事迹梗概），同为金溪乡贤的四川提刑按察司佥王稽撰写墓志铭。王禥去世后，他的儿子王钦继承了他的医学事业，成为金溪县医学训科，主管金溪全县的医疗卫生事业，继续为金溪百姓健康造福。

在王英家族中，从正德到万历年间，还出过3位医家，分别为：王符，字信夫，号橘圃，为金溪县医学训科；王符之子王膳，字文性，号心田，太医院冠带医士；王琳，字君玉，号五里，为金溪县医学正科。据说在王阳明坐镇南赣剿匪时，所属医官中便有王琳。到清代嘉庆年间，王英后裔王岩，字秀传，父子兄弟俱为当地名医。

吴澄推重世仅两

元代大儒吴澄，因为自己就精通医理，故而一生喜好结交医家，探讨医道。据他自己说，其结交医家不下千人。其诗文集中收录有给医家的赠序、赠诗及为医家医籍所作序跋达 40 多篇（首），涉及医家 38 人。但是吴澄毕生最推崇的医家只有两位，一为董起潜，另一个便是章伯明，两人均为盱江医家。

吴澄从十五六岁的青葱少年时就喜读医书，尤其是《黄帝内经》《难经》《脉经》等医经。吴澄还特别喜欢结交医家，他一生交游甚广，足迹上到帝都辅畿，通都会府，下至山野林间。所到之处，便与当地名医结交，与医家探讨阴阳五行、四气五味、五运六气等医学理论问题，也算得上是以儒通医。所以能入他法眼的医家，绝非泛泛之辈，全天下医家只遴选出两位，可见章伯明的医术是何等高超。

至顺三年（1332），吴澄第三子吴京被聘为抚州儒学教授，便把 84 岁的吴澄从老家咸口里迎至抚州城奉养。这一年，吴澄特别忙，登谯楼，作诗咏王安石、陆九渊两位乡贤；过荆公旧祠，见其颓败而叹息，向地方官建言重修，使得荆公祠得以修葺一新；这年六七月间，抚州苦旱，民心惶惶，吴澄也是忧心如焚，多次参与祈雨活动。或许正是因为这般操劳过度，这年冬天，吴澄中了寒气，病倒了。80 多岁的高龄，连日来却粒米不进，官府赶紧延请本地官医诊治。治了几天，竟然一点好转都没有，这可把抚州本地官员和儿子吴京急坏了。吴澄不由想起了他新结识的好朋友医家董起潜，他倒是希望派人去请董起潜来抚州一治。但是董起潜毕竟远在乐安，治病如救火，何况吴澄已经 84 岁，远水解不了近渴，稍有耽误，岂不是后悔莫及。于是地方官在全城发出悬赏告示，遴选名医给吴澄诊治，最后章伯明中选。章伯明，名晋，字伯明，临川人，本为儒家子弟，世代业儒，因宋亡后元代早期废除科举而弃儒从医。章伯明勤奋好学，不仅对《黄帝内经》《伤寒论》《脉经》等烂熟于胸，而且对近世金元时期的李东垣、刘完素、张子和诸大家的著述也博览通贯，尤其精于脉诊。此时的章伯明名声还不大，吴澄也只是抱着试试看的心态。谁知 3 剂药下去，吴澄很快就康复了。而且章伯明用药悉本于《伤寒论》，拿捏精准。精通医理的吴澄看在眼里，不由得心悦诚服。病愈后，吴澄便打算返回故里咸口里居住。临行前，出于对章伯明医技、医德的推重，吴澄欣然为章伯明撰写了一篇赠序。吴澄大胆预言，章伯明医道盛行、名扬四海指日可待。而天下人如果人人得到章伯明这样的医家诊治，那天下人都能延年长寿。

董奉复生美名扬

说起盱江医学，南丰危亦林无疑是大家，而且南丰危氏几代为医，堪称世医之族。然而鲜为人知的是，临川嵩源危氏历史上也是有名的医家大族，有文献记载的就有三位名医，杏轩公便是其中杰出代表。

嵩源危氏追唐末抚州刺史危全讽为远祖。自唐宋以来，危氏于抚州为著姓，登仕进者代不乏人。景定年间，抚州知州家坤翁曾为危氏题额“一门科第”。嵩源危氏的始迁祖则是南宋名贤危稹幼子危廷耀。危稹，号骊塘，进士出身，曾知漳州。危稹在漳州立义冢，建龙江书院，还因为奏罢各种苛捐杂税，而得罪顶头上司，遭到弹劾。不过，他也懒得费言争辩，早已经厌倦了官宦生涯的危稹洒脱地辞职而去。但是漳州人民没有忘记他，不仅在龙江书院给他画像祭祀，还把他请进了名宦祠。辞官归里后，危稹筑室嵩源里，与乡贤董居谊等耆老结真率会，砥砺德行。危稹死后，其幼子危廷耀便迁居嵩源，成为嵩源危氏始迁祖。明宣德年间，抚州知府王昪恰好是漳州人。从小就在龙江书院祭拜危稹的王昪，感念危稹在漳州的善政善教，于是在危稹当年筑屋隐居的嵩源，为他建祠祭祀，并亲自作记文，这篇记文至今仍保存在东馆镇嵩源危氏祠堂的石碑上，熠熠生辉。而就在王昪为危稹建祠的两年前，几乎与王昪同时来到抚州为官，担任抚州府同知的张忠却因为一场病而与嵩源危氏结缘。为他治病的，便是嵩源危氏家族的杏轩公。

宣德六年（1431），上任伊始，为了尽快熟悉地方社情民意，张忠顶着炎炎烈日、冒着三伏酷暑奔走在抚州各属县。这一天，张忠带着几个随从正沿着官道从崇仁县往乐安县赶。太阳肆无忌惮地喷薄着烈焰，知了的叫声比任何时候都要刺耳，两旁的树叶一动不动。突然骑行在队伍中间的张忠眼前一黑，便歪歪扭扭地从马上摔了下来，直接晕了过去。随从们赶紧慌里慌张地查看伤情，灌水的灌水，揉捏的揉捏，打扇的打扇。好半天，张忠总算醒了过来。可是这前不着村后不着店的，为了安全起见，随从们劝说张忠别再去乐安了，赶紧打道回府，好歹府城的名医多，环境条件也更好。细细算来，张忠这回从衙门出来也有 10 多天了，加上一路上有一餐没一餐的，渴了就向老乡讨口井水喝。张忠此时也感到四肢乏力、头晕目眩，想硬撑下去也难，便同意先打道回府。考虑到张忠的病情是因暑热而起，随从们特意选择走水路，好歹水面上会凉爽一些。还好是顺流而下，更兼同知大人病情不定，随从们也是心急如焚，唯恐有个什么闪失，因此舟行二百余里，不舍昼夜地往抚州城赶。基层调查的事情还没做完，自己却先病倒了，张忠心里充满了自责。不过事已至此，也只能先安心把病治好。可是，没想到本以为只是个小小的伤寒暑热，前后换了 10 来个医生都没见效，这病竟然从盛夏拖到了深秋。这一天，张忠依然是病态怏怏、愁容满面。这时，一位属吏面带喜色地跑了进来，向张忠报告说日前访得城南嵩源里危氏有位杏轩先生，被当地乡民呼为神医，是不是请杏轩先生来给大人诊治。张忠当然没有异议，何况之前他就听说嵩源里民风淳朴，乡民身材健硕，长寿老者比比皆是，只是还没来得及去实地探访。于是属吏又马不停蹄地到嵩源把杏轩先生请到了府衙。没想到这位大家早习惯了称呼其号，而不知其名的杏轩公的确出手不凡，没几天就把困扰同知大人几个月的病给治好了。

病愈后，张忠亲自登门道谢，素来清廉如水的张忠向杏轩公深深地鞠了一躬，说："您真是神医啊，简直是董奉重生，我没法给你种杏作为报酬，也没有钱财可以厚赠，我就给你写一篇《杏轩说》，宣扬你悬壶济世、杏林春暖的志向怎么样？"杏轩公一听，回答道："我之所以以杏轩为号，便是立志要像董奉那样救人病厄，不计报酬，我哪有不答应的道理？"于是，张忠展纸磨墨，一挥而就："夫医，仁术也；仁，人心也。仁于时为春，春以生物为心。生生不息，春满杏林。杏轩以仁心而行仁术，宜其博施济众，而仁不可胜用矣。是则在一乡则杏遍一乡，在一国则杏遍一国，随其所在，无处无之，岂直一株、五株而已哉？"

守恒医道辞太医

临川嵩源危氏继杏轩公后，族侄危振纲长江后浪推前浪，在医学上更进一步，以医入仕，成为医官。

危振纲生于永乐七年（1409），名正己，字振纲，后以字行，号守恒。前一篇讲述的杏轩公是其同族伯父。危振纲小时候便非常聪慧，不像其他小孩子那样爱打打闹闹，而是沉静寡言，族伯父杏轩公非常喜欢这个小侄子。或许是受杏轩公的影响，尽管危振纲四书五经也学得滚瓜烂熟，但是却更喜欢医学，一点都不想考什么科举功名，觉得走仕途要看人脸色，而且很受束缚。他喜欢翻看族伯父杏轩公私藏的那些医籍方书，于是杏轩公干脆便把他带在身边学医。而危振纲在医学上的确很有天赋，脑子也灵光，学什么东西上手很快。不久，一般的病证，杏轩公便放手让危振纲去治。别看危振纲年纪轻轻，医术却毫不含糊，来求治者总能带着疑惑来，带着笑容归。慢慢地，危振纲医名满乡里，十里八村的乡亲们都知道危家有个厉害的医生叫危振纲。一传十，十传百，危振纲的医名也渐渐传到了抚州城。抚州城里的达官贵人也开始找他看病，危振纲又在抚州城闯出了一片天地。曹州知州伍礼称赞他是“郡之司命”。司命，是传说中掌管人生死的神。礼部尚书、金溪乡贤徐琼此时尚未显达，危振纲给他治病后，两人成为布衣之交，徐琼称赞他是“郡之神医”。两人私交甚笃，后来还成为姻亲。天顺元年（1457），适逢嵩源危氏重修族谱，热心家族公益事业的危振纲利用进京出差的机会找到刚考中榜眼已入翰林的徐琼，请求徐琼为其族谱撰写序言，徐琼欣然应允。尽管以医为业，但是危振纲也神往大儒。一次到崇仁出诊，危振纲特意到小陂拜访大儒吴与弼，向康斋先生请教。临别，危振纲邀请康斋先生给自己的医斋命名，康斋先生为其取名“守恒”，寄望他医术益精，持守益严。从此，危振纲便以“守恒”为号，谨记康斋先生的教诲。而他的医术和医德也逐渐得到地方官府的认可。景泰年间，时任抚州知府王宇非常赏识危振纲，与他以朋友论交。王宇，字仲弘，河南祥符人，景泰元年（1450）任抚州知府。王宇是一位清廉有为的父母官，在抚州任上颇有善政。当时抚州府衙后有十数亩鱼塘，按照惯例，都归知府大人所有。王宇到任后，把鱼塘填埋，还田于民。清廉的父母官自然而然与危振纲雅相敬重，惺惺相惜。景泰五年（1454），朝廷开科明医举，王宇举荐危振纲应选，一举中选，并被授以太医院御医。从医技角度讲，这已经是一个医生可以达到的最高成就了，也是至高荣誉。可是，这一年，危振纲的父亲危允彰和母亲高氏都已年过七旬。危振纲不想辞亲远去，于是上疏朝廷恳请辞免。朝廷也体恤危振纲的一片孝心，改授危振纲为本府医学正科。所谓医学正科，就是主管本府所有医学事务的官员。危振纲在抚州医学正科任上一干就是20年，兢兢业业，二十年如一日，为抚州人民守护着健康，时人评价他“不愧守恒之名”。危振纲的医术也为嵩源危氏成就了“齐寿”之名，家族中高年长寿的特别多。天顺八年（1464），危振纲的父母俱年过八旬，两个叔叔允宽、允昌也都年过七旬，他在嵩源建齐寿堂，请好友刑部郎中、乐安乡贤廖俊撰写记文。廖俊感叹道：“惟其累世以医而寿人之命，施仁爱于郡邑之间。”

成化十四年（1478），危振纲不幸染病，直到临终依然神气不乱，最后端坐而逝。湖广监察御史、进士、乡贤王约为其撰写墓志铭，称赞他“君之仁术，利济宏多”。

危氏医学代代相传，危振纲的侄子危时举从小受业于伯父危振纲，28岁补医学生。弘治七年（1494），益王分藩建昌，征发周边各地工匠、民夫营建宫室，结果疫疠大作。时任抚州知府吴泰保举危时举前往救治。危时举尽心竭力，对于家境贫寒的患病工匠、民夫，危时举不但不收诊金，还提供日常饮食，不少人正是有赖于危时举的救治才活了下来。至于确实没有救活的，不少是远离家乡来服劳役，没有亲人办丧葬之事，危时举出钱进行安葬。或许是在这次疫疠中操劳过度，弘治十二年（1499），危时举竟然积劳成疾，一病不起，年仅57岁。去世之日，远近知道他德行善举的人无不为之黯然神伤，潸然泪下。

刻苦攻读精医道

在中国医学史上，名医不计其数，神医也代有其人，但是“医林状元”只有一个，他就是明代盱江医家、江西古代十大名医之一的龚廷贤。他不仅医术精湛，而且修身齐家，恪守仁孝，立志“有补于世道”；他谨守医道，不贪求名利，精研医道，行医著述，博济仁泽。

龚廷贤（1522—1619），字子才，由于家乡金溪有云林三十六峰，故而号云林、云林子。龚廷贤出身于医学世家，其父龚信，字瑞之，号西园，身负异才，行医中原，“尤为医林所宗”，且深得刑部尚书刘讱赏识，荐入太医院。

龚廷贤长得伟岸魁梧，气度不凡，聪慧好学，自幼业儒，饱读经史典籍。少年时即挥毫吊古，诵爱物济人之句，不胜神往，怀有一颗仁爱之心，他终身以张载的“天下疲癃残疾，皆吾兄弟”和韩愈的“为之医药，以济其夭死”为座右铭。他还有辅佐君王调燮宇宙之志，故而早年渴望通过科举入仕，救世济民。他的诗文也写得不错，临川乡贤、陕西左布政使徐汝阳称赞他“云锦天葩，灿然立就”。此话不完全是客套的恭维话，从龚廷贤所撰的一些阐述医德的诗文看，他确实有很高的文学修养。比如这首《西江月·医学源流》：

炎黄发源医祖，轩辕岐伯绳书，雷公炮制别精粗，扁鹊神应桓主，于懿治溺神效，仲景《伤寒》谁如，华佗秘授当时无，又得叔和《脉》助，皇甫仕安《甲乙》，葛洪《肘后》非殊，真人思邈圣神途，慈藏药主恍悟。

几千年的中国医学史，便被龚廷贤高度浓缩在这首几十字的词作中。内容浅显易懂，声律和谐，让人一读便能成诵。而且，他还能把枯燥的医药学专业知识，编成朗朗上口、易诵易记的歌诀，这便是我们所熟识的《药性歌括四百味》，足见他的诗文才华。然而或许是他不擅长明代的八股取士，也或者是时运不济，总之，龚廷贤屡试不中，未偿所愿。眼看就快到而立之年了，自己却还没有“立”，龚廷贤渐渐萌生了弃儒从医的念头。此时其父龚信在京冀豫一带行医，医名日隆，正好龚廷贤要北上省亲看望父亲。在父亲的寓所，内心挣扎的龚廷贤向父亲禀告了弃儒从医的想法，没想到父亲痛快地同意了。自此，龚廷贤就跟随父亲身边，白天行医看病，夜晚则攻读医书，往往通宵达旦，直欲追岐黄、仓、越之正派。“不为良相”自然是龚廷贤深深的遗憾，但是他时常以“良医济世，功与良相”自勉。他不是把行医当作自己的谋生手段，而是作为有补于世道，即救世济民的重要途径。他一面博考历代医书，自《黄帝内经》以下，直至金元四大家，莫不穷源究委，参以己意，融会贯通；一面继承、总结家传诊疗实践经验，并虚心向别人学习，博采众家之长。据他自己在《叙古今医鉴弁言》中说，但凡听闻有什么高人奇士精通医道的，便诚恳谦逊地登门拜访，向人家虚心求教，相互切磋。当然，他最好的老师还是他的父亲。父子俩经常相互辩论，探究医理，《古今医鉴》便是他们父子两共同完成的一部医籍。

术精业勤泽万民

龚廷贤学成之后，先是到吴越一带行医，主要是以金陵（今江苏省南京市）为中心，这或许与当时有不少金溪老乡在金陵开书坊有一定关系，比如后来为他出版过多部医籍的金陵书坊老板周曰校，便是他的金溪老乡加姻亲。

龚廷贤以高超的医技，很快就扬名吴越间。龚廷贤在金陵行医时间不长，他觉得金陵这个地方还不能尽展其才学，于是追随他父亲当年的足迹，到中原腹地行医。他先是到了扶沟（今属河南省）。扶沟这个地方，虽然只是一个县，但是人才辈出，尤其是明代嘉靖、万历年间。比如两京三部尚书刘自强、江西参政郝维乔、兵部员外郎何出图、巡按山东何出光、湖广佥事刘自存等都是扶沟人。他们后来都引龚廷贤为座上宾，非常敬重龚廷贤，或为其医籍作序，或有诗文相赠，以此来颂扬他的良方与德行。巧的是，那个时候的扶沟知县，正好是一位临川老乡，即上篇提及的徐汝阳的父亲徐宏。当时徐宏重病缠身，诸医束手，危在旦夕，徐汝阳已经告假守护在老父身边，唯恐老父亲一命呜呼。后徐汝阳辗转结识龚廷贤，得龚廷贤医治，转危为安，不久康健如常。徐汝阳感激不尽，把龚廷贤视为救命恩人，从此以通家骨肉相待。此后龚廷贤又医治了许多达官贵人的疾患。但他并不以此为荣，始终轻名禄，讲医德，曾言："凡为医者，性存温雅，志必谦恭，动须礼节，举乃和柔，无自妄尊，不可矫饰。"龚廷贤对女性患者特别尊重，年长于自己的，他以母相待；年少于自己的，他以女相待。据载，曾有一女子，因丧夫而悲痛万分，整天哭泣不休，最后病倒了。女子整日腹胀，六脉俱弦，气喘食少，身体瘦弱。龚廷贤诊断分析后认为，无情之草木金石，不能治有情之病，只有为患者开导解结，使她心情愉快，才能治愈她的心病。随即龚廷贤便安抚患者说：“汝夫已殁，汝子已失其养。汝若再死，汝子岂不更无所赖乎？如此则不独无益于夫，而反害其子。汝应尽教子之职，不可死，亦不可病。今之病必须情志舒畅而后可愈。”大意是说，你丈夫已经去世了，你若再因病而亡，你儿子就完全没有依靠了。你这样不但对你死去的丈夫无益，更对你儿子有害。一席话让女子如醍醐灌顶，当即止住了哭泣。而后，他又施以解郁方十几剂，患者即痊愈。

在龚廷贤身上，处处闪耀着我们今天称之为人文关怀的品质。与医术相比，它不只是医德的体现，更是一种高层次的精神境界。与孙思邈的“人命至重，有贵千金”一样，龚廷贤的“病家求医，寄以生死”“积善有功，常存阴德，医食同源，可以延年”，都是这种人文情怀的体现。难怪万历年间的刑部尚书、临川乡贤舒化在《万病回春序》中赞叹他“生虽不显遇，而博济仁泽”。

独运匠心抗大疫

在扶沟小试牛刀后，龚廷贤在大梁（今河南省开封市）大放异彩。大梁此时是周藩王的封地，这里名公巨卿更多，如大学士高拱、定西侯蒋文益及周藩王等。让龚廷贤在大梁一战成名的，便是治愈周藩王朱勤炵三十年沉疴。

嘉靖三十五年（1556）六月的一天，大梁城内张灯结彩，热闹非凡，朱勤炵被册封为海阳庄恪王的大典在王府隆重举行。当时正值盛夏，湿热难当，朱勤炵因忙于受封之事而累倒了。他症中痰火，头晕目眩，咳喘不宁，膝盖脚趾肿痛，不能动弹，真是苦不堪言。虽然请了很多名医诊治，但这病却怎么也治不好，后来就落下病根，成了痼疾。到了三十年后的万历十四年（1586）五月，朱勤炵的病又一次发作了，卧床不起，生命危在旦夕。所幸天假良缘，龚廷贤恰好就在大梁城内行医，海阳王对龚廷贤的医名也有所耳闻。于是，海阳王备好丰厚的礼品，把龚廷贤请到王府。随后，龚廷贤“沉潜诊视，植方投剂，获效如响”。不到 10 天，海阳王渐渐能起床了；又过了 10 天，便能稍微走动一下；再过 10 天就康复如初了。三十年的沉疴，竟然就这样痊愈了。海阳王为龚廷贤的医术深深折服，呼为神医。

就在龚廷贤为海阳王治疗沉疴之时，大梁突发一种叫“大头瘟”的流行病。症状是头疼身痛，憎寒壮热，头面颈项赤肿，咽喉肿痛，神智昏迷。疫情发展很快，有些老百姓全家死于大头瘟。时医只知按古法依葫芦画瓢，但毫无效果。龚廷贤经过仔细诊察，认为此症“至春发为瘟疫，至夏发为热病”，因“人受不正之气”所致。于是他独创一种秘方，名为二圣救苦丸。配方很简单，就牙皂、大黄两味药，“以牙皂开关窍而发其表，以大黄泻诸火而通其里”，且“一服即汗，一汗即愈”。身强力壮的人服此药“百发百中”；体质虚弱者也可先用人参排毒，若还没好，服下牛蒡芩连汤，即可痊愈。多亏了龚廷贤的二圣救苦丸，疫情才得到了控制，无数老百姓得以保全性命。为此，时任河南巡抚的衷贞吉举荐他为太医院吏目，龚廷贤也算是以医入仕。

经过这两件事，龚廷贤名声大噪。当时在大梁出现了一种奇观，但凡龚廷贤居住的地方，周边很快就会变成闹市区，人们都愿意跟这样一位道德高尚、医术高超的名医比邻而居。不过名声太大也有烦恼，那就是被小毛贼盯上了。小毛贼们以为像龚廷贤这样的名医肯定很有钱，搞得龚廷贤很是“不安”。他倒不是担心钱财，而是怕自己多年心血写成的医籍书稿被不识货的小毛贼顺手牵羊顺走了。于是龚廷贤不敢把书稿放在寓所，他每次出门便随身背着一个大大的布袋子，里面装着他的书稿。小毛贼们真是看走眼了，龚廷贤经常看病不收钱，其实穷得很。当时龚廷贤有心要把父亲龚信的遗著《古今医鉴》刊刻发行，却因为钱不够，只能一删再删，最后大概删掉了一半，书商才同意给他出。这也成为医学史上的一段美谈。

婉却千金赐状元

在古代医学史上，有一颗璀璨的明珠，他不仅是江西省历史上十大名医之一，而且还是中医史上绝无仅有的“医林状元”。他就是龚廷贤。你知道他的状元是怎么“考”来的吗？

万历二十一年（1593）秋，封藩在今山东兖州的鲁藩王朱三畏的妃子张氏，患重病已经一年有余，腹胀如鼓，右胁下有积块，四肢瘦弱，不能饮食。鲁王找藩医、访明医，但百药千方都无寸效。眼见鲁王妃病势垂危，大家都仓皇无措。这时曹州医官张省吾想起了成名已久的龚廷贤，并推荐他来诊治。此时龚廷贤正在大梁行医，于是朱三畏便派人带着自己的亲笔书信和聘金、厚礼到大梁把龚廷贤请到鲁王府。

龚廷贤到鲁王府后，详细询问了张妃得病经过，再仔细诊察症候，初步判断是由于惊风、恼怒、情志过度不遂所致；通过给张妃把脉，发现其脉象虚而无力，散乱急促。龚廷贤分析张妃的病情，已经是正气大虚，不可再用攻伐猛药，而应大补脾土。于是他采用李东垣《脾胃论》中的补中益气汤，加减之后重用人参。令人没想到的是，龚廷贤的处方一出，给张妃诊治的医疗团队的同行们顿时嘘声四起，似乎大名鼎鼎的龚廷贤也不过如此。略懂医术的鲁王同样心存疑惑，就问龚廷贤：“众位大夫都不敢轻用人参，恐补邪火而动痰喘，此方所开补药不少，万一上壅，岂不引祸？”龚廷贤从容回答说：“病以脉为主，王妃脉象散乱，正气大虚，用之无妨。”虽然有很多异议，但王妃病重且各医家束手无策，出于无奈，鲁王只好答应试服，人参只用四钱。结果病人服药之后，一夜安稳。鲁王又问了一些医理问题，龚廷贤都一一予以解答，鲁王心中的疑惑完全冰释，并彻底被龚廷贤的医术和气度所折服。最后，鲁王点头称道说，先生有真知灼见，才有把握用这些药。得到鲁王的信任后，王妃的病便由龚廷贤全权负责。30多剂药服下后，王妃的脉象有了转机，全身的症状得到改善。随着病情的变化，龚廷贤相应调整治疗方法。到王妃服至50剂，各种症状逐渐消失；到100剂的时候，身体基本康复。鲁王朱三畏直呼龚廷贤为“天下医之魁首”，亲题“医林状元”匾额相赠，且报请万历皇帝下旨特赐双龙“医林状元”匾额一块。此外，鲁王还要赏赐千金以为酬谢，但龚廷贤坚决推辞不受。不得已，鲁王进一步询问龚廷贤有什么心愿。龚廷贤表示他一直希望将自己多年积累的医方加以刊印，这样方便更多人保养天年，即使得病了也可以按方抓药，自我疗救。鲁王感其高义，答应出资赞助龚廷贤刊刻医籍，并且把鲁王府收藏的医方给龚廷贤阅览、研究。于是，龚廷贤将自己的医方和鲁府所藏秘方编在一起，于万历二十二年（1594）刊刻出版，书名就叫《鲁府禁方》。鲁王朱三畏还欣然为《鲁府禁方》撰写序言，称赞龚廷贤“仁且厚矣”。龚廷贤不以千金为贵，而以医书为重，以利后世的故事也成为杏林一段佳话。

著述宏富遗后世

善于总结经验得失，是成功者们的共同特质，龚廷贤也不例外。他非常注重积累临床实践中的心得体会和经验得失，“每有所获则随录之，积数十年”。他一生治学勤奋严谨，尤其是晚年，潜心总结毕生所学，著述颇丰。直到95岁高龄的时候，还在奋笔疾书，完成他人生最后一部重要医籍——《济世全书》。而在此前，他已经写成了20多部医籍。他的医籍以其实用性而数百年流传不衰，为繁荣世界医学事业做出了不可磨灭的贡献。其中《古今医鉴》《云林神彀》《万病回春》《种杏仙方》《鲁府禁方》等流传较广。龚廷贤自己最满意的是94岁完成的《寿世保元》，该书“四海争购，两京为之纸贵”，定价也特别昂贵，“其值不下二三金”。也正因此，龚廷贤觉得富人倒是能抢购到，可是穷人因为没那么多钱买，便得不到这部医籍，这与他“普济众生”的理念还是有很大差距。于是他才会在95岁的时候还坚持完成《济世全书》，将毕生医籍精华浓缩再浓缩，仅仅是为了让下层请不起医生的穷苦老百姓能够买得起这部医籍，万一生病了，也能通过他的医籍自己找到治病的方法，其医德之高，可见一斑。

龚廷贤是一位极富原创精神的医家，“不拾人残唾，不抄人方书”。内科上，他发现了“五更泻”，称之为“肾泻”，将五更泻的病因归为肾虚。妇科领域，他创制了“加减四物汤”，扩大了四物汤的治疗范围，既可治由体虚而引起的外感疾病，又可治内伤饮食等杂病；既可治诸窍不利，又可治肢体不和；既可治经带胎产诸病，又可随四时之气的变化而灵活调方。他的《小儿推拿秘旨》是我国第一部以“推拿”命名的儿科专著，强调望诊在小儿疾病诊断中的特殊作用，注重乳母饮食及情志变化对小儿的影响。

外科上，他记载了最早运用砷剂治疗梅毒的案例，明确指出梅毒具有可传染性，并提出要根据疾病的不同阶段进行不同的治疗。在养生方面，他特别注重修养道德，调节情志。比如他在《延年良箴》中提出延年益寿之法，多从个人修身角度出发，如知敬知畏、孝友礼义、谦和辞让、敬人持己、口勿妄言、意勿妄想等。

17世纪中叶，龚廷贤的学生戴曼公东渡日本，将其著作携入日本，对日本医学产生了深远影响，其处方直至今天仍被医家常用，并与经方并驾齐驱。据日本《皇国名医传》一书记述，该国名医长泽道寿的传记中曾提到，长泽氏在学医有一定成就后又去请教某老医生。该老医生治病有很好的疗效，他告诉长泽，自己学医的秘诀就是从小就学习《万病回春》。他还说他所用过的《万病回春》一书，由于反复诵读，已达到“编绝纸烂，不可收拾”的破旧程度。可见龚氏医书在日本医家中的深远影响。除《万病回春》外，龚廷贤晚年编著的《寿世保元》《济世全书》也被日本医界奉为圭臬。

仁孝天畀性廉介

龚廷贤不仅医术精湛、医德高尚，私德也很高。他居家是个大孝子，与人交往则怀抱仁爱之心，给他作传的陕西布政使、临川乡贤徐汝阳称赞他“仁孝天畀，赋性廉介”。

在科考希望不大的情况下，龚廷贤选择了继承父亲龚信的衣钵，跟随父亲学医。《论语》有言：“三年无改父之道，可谓孝也矣。”子承父业，当然是孝道。不仅如此，龚廷贤还将父业发扬光大。父亲生前撰有医籍《古今医鉴》，可惜没有来得及出版。龚廷贤将父亲的遗稿加以整理，并进行续编，最终刊刻发行，让父亲与医籍永传不朽。日常生活中，龚廷贤对父亲也非常孝顺。父亲特别钟爱龚廷贤两个同父异母的庶弟，龚廷贤知道老父亲的心思，就竭力呵护这两个庶弟。父亲分给他的家产都让给两个庶弟，甚至还另外赠田地给两个弟弟，以让父亲老怀宽慰。父亲死后，龚廷贤把祖产全部让给了叔父。凡是财物方面，龚廷贤都不挂在心上。对于霞澌龚氏族上的公益事业，龚廷贤也非常热心。他出资建祠堂祭祀祖先，置义田救济族中贫困户。他还积极参与族谱修撰，亲自订立祖训族规。

龚廷贤不仅对自家族人恪守仁义，对他人、世人也抱着一颗仁心。他赋性廉介，乐于施济而不责报。遇到有人酬以金币推又推不掉的时候，龚廷贤便把这些钱用来做善事。碰到了灾荒饥年，龚廷贤捐献谷粟赈济灾民。遇到有客死他乡无人收尸的死者，龚廷贤捐赠棺木，让死者入土为安。龚廷贤喜好结识寒门士子，经常为他们提供食宿，捐赠衣物，甚至赠以盘缠银两。一些穷苦人家突遭天灾人祸，卖儿鬻女，龚廷贤知道后出钱帮忙赎回，不思回报。对于孤寡老人，龚廷贤更是经常资助。难怪徐汝阳称赞他

“阴德动天，天心福善”。

龚廷贤有不少诗文专门阐述医德，弘扬医德。龚廷贤对医家的要求，首先是做一个淡泊名利、道德高尚的人。他的《口占八绝》分别以孝、悌、忠、信、礼、义、廉、耻为题，对医家提出了具体要求，可见他注重个人整体道德修养。比如这首《廉》：

解绶归来卧北窗，飘然白日到羲皇。
门垂五柳交游息，靖节高风趣味长。

这首诗先说自己退休赋闲在家，高卧林间；又恰逢太平盛世，自己每天过着五柳先生陶渊明一样的田园生活，觉得很惬意。从中我们大致能窥探到龚廷贤对自己在“廉”上的要求。

此外，《劝善良方》中，他以医生们耳熟能详的中药名入诗，谆谆教诲，言辞恳切。龚廷贤的言传身教对家族子弟影响深远，其弟廷器，子守国、安国、宁国、定国，侄懋升、懋官都以医为业，并为医官，医德都堪称楷模。在龚廷贤的影响下，龚氏医学，蔚为大观。

治病救人分内事

李梴，字健斋，南丰县人，是明代著名儒医。他曾行医于江西、福建两省，声望甚高，临床经验丰富，被称为江西历史上十大名医。李梴是一位特别重视医德教育的医家。

李梴出生于书香门第。其兄李桥，字廷仰，号半野，为嘉靖二十三年（1544）进士，官至漳州知府。李梴少时也习儒，但是或许是因为体弱多病，李梴对医学表现出了浓厚的兴趣。加上天性淡泊，李梴很快便弃科场而入医学。所以跟大多数医家选择做医生不同，李梴乃是“因病陟医”，其最初本意是给自己看病。后来偶尔有亲朋好友生病了，李梴也把个脉，开个方。渐渐地他的名声传开了，上门找他看病的人越来越多。于是，医生便成为了他的职业。后来兄长李桥任官漳州，李梴便跟随兄长到漳州行医。

李梴的行医事迹多未流传，目前可知的是他于万历三年（1575）刊刻了《医学入门》，这也是他唯一一部传世医籍。关于这部医籍的缘起，还得从李梴少时多病说起。李梴年少时体弱多病，于是自己钻研医学，苦读张仲景的《伤寒论》、王叔和的《脉诀》、李东垣的《医学权舆》等。由于李梴有较深的儒学根基，他自己倒是很轻松便修成正果。但是回顾自己的学医经历，李梴反思这些书其实都不适合医学入门者读，尤其是文化水平不高的入门者读。于是，他汲取历代医学经典精华，编纂成《医学入门》，供初学者使用，使他们少走弯路，可谓用心良苦。

李梴不仅重视医学教育，更重视医德教育和传承。隆庆五年（1571）的冬天，李梴完成了《医学入门》的初稿后，曾邀请门徒卢廷和、何明善、李星，以及他的族侄李聪等人到家里聚会，商讨书末增加医德内容，这便是《习医规格》的由来。在这篇阐述医德的文章中，李梴系统提出了他的医德观。李梴认为治病救人是医者的本分，不应以此向患者重索钱财。即使是患者家境宽裕，也不可过多索取，而应该是患者给多少医者拿多少。如果患者是贫寒之家，分文不取，才显得医德高尚。对于初学者或想入医门者，李梴谆谆教诲唯有立志有恒者，才可学习医学。而学医时，一定要熟读后潜思默想，盘根问底，稍有疑难，检阅古今名家方书，以广闻见。如果有幸碰到有德高明之士，要虚心向人家请教。这对现在读书不求甚解、一知半解和学风粗疏的医者来说，无疑是一种教育和鞭策。

对于行医问病，李梴提出了各种规矩。如医者论治用药时，应潜心钻研，反复斟酌。对于诊治妇女，医者要遵从礼法。“不欺”是李梴医德核心，他告诫弟子门生，欲使医道昌明，在于不自欺欺人。他分析了为医者“自欺欺人”的种种表现。比如有的人学识浅薄而又不肯用功，粗知皮毛就自封高明，临诊没有准备、不做深思熟虑就乱开方药，这是对病人的欺蒙和不负责任。生命至重，贵逾千金。只有练就真功夫、具备真知灼见才能对病人“不欺”，才能对得起患者。又比如诊脉而不以实相告，论方用药潦草而不精详，都是欺的表现。这是指医生对病人的态度，一定要以一丝不苟和认真负责的精神，实告病情、详诊细问、望闻问切周全、遣方用药细致，切不可草率用事、草菅人命。再比如治好患者病后而贪求人家更多钱财，也是欺。医者要以治病救人为职责，而不能借行医以谋利。还有就是不撰著以使个人的医术和经验广泛传播、造福于更多的患者，也是欺。在当时竞争激烈、技术保密的社会背景下，尤其显得难能可贵。李梴最后说：“欺则天良日以蔽塞，而医道终失；不欺则良知日益发扬，而医道愈昌”。也就是说欺与不欺，关系到医德和医术的兴衰。欺则会导致医道泯灭，不欺则医者的良知将会发扬光大，医道也会逐渐昌盛。

痨瘵专家勤著述

龚居中，字应圆，别号如虚子，约生活于明末万历、崇祯年间，江西金溪人。他曾供职太医院，擅长内、外、妇、幼各科，而尤擅长治疗“痨瘵”（现代医学称之为“肺结核”），是中国医学史上一位杰出的“痨瘵”专家。

龚居中出生于医学世家，“余家庭授受疗男妇之法，奇正不一。独小儿推拿，尤得其传。”可见，龚氏不但家学渊源深厚，而且精于小儿推拿。然而龚居中开始是以考取功名为务，读四书五经应科举。然而幼年体弱多病，无奈弃儒从医。龚居中学识渊博，旁涉诸家，“博极群书，雅擅名物”，身兼儒、道、医三术，故时人觉得他“似儒流，亦似散人；似大医王，又似玄宗主。包涵无垠，莫可名状”。

龚居中主要在金陵、潭阳（今福建省南平市建阳区）一带悬壶济世，其生平记载不多。不过其勤于著述是肯定的，时人评价他“囊括文雅，著述成林”。其医籍主要有《痰火点雪》《福寿丹书》《仙寿丹书》《外科活人定本》《外科百效全书》《女科百效全书》《幼科百效全书》《内科百效全书》等百效全书系列。而且其著作流传较广，“先生之书前后数十万言，布之海内，已户诵家传之”。可见其书影响深远。其中流传至今，对后世影响较大的为《红炉点雪》（原名《痰火点雪》）。这是一部论述“痰火”为病的专著，刊刻于明崇祯三年（1630）。龚居中解释痰火的定义说：“夫痨者劳也，以劳伤精气血液，遂至阳盛阴亏，火炎痰聚。因其有痰、有火，病名酷厉可畏者，故今人讳之曰痰火也。”后人根据书前邓志谟题序中的“红炉飞片雪，龙虎自相随”句，改书名为《红炉点雪》。明代痨瘵流行广泛，人们谈“痨瘵”而色变。因此，龚居中博采众长，结合自己临床经验，整理出《红

名之醫已往者不可見矣所見可用之醫於千百人中
僅得二人焉而皆在吾郡一曰董某起潛一曰章晉伯
明二人皆涉獵儒術精究醫方去秋予在家有疾董治
之今冬予在城有疾章治之試之而有實能用之而有
實效明脈而明於經絡者董也明經絡而明於脈者章
也初得一董已喜再得一章益喜老年遇二巧醫異事
異事然董雖奇人未深知之知之深自予始章雖奇人
亦未深知之知之深亦自予始董之伎方今盛行於豫

◎明代刻本龚居中医籍《痰火点雪》影印照片

炉点雪》。全书共分4卷，辨证纲领以水亏、火炽、金伤立论，施治以益水、清金、降火为主，吸取了朱丹溪、葛可久等前辈医家治疗“痨瘵”的宝贵经验，继承了张洁古、李时珍等的脏腑补泄用药准则。特别是在第四卷中提出含有预防保健意义的“痰火灸法”“却病要诀”，以及“静坐功夫”，充分体现了“未病先防，上工治未病”的积极精神。

龚居中的《福寿丹书》则是一部养生学专著，除了围绕医疗保健手段阐述各种养生之道外，还特别强调修身养性的重要性。在《清乐篇》中，龚居中撰写了一系列赋文和歌词，如“梅花赋”“修竹赋”“醒迷歌”“醒世语”“劝世文”等。这些赋文和歌词，既是修身养性的法门，同时也是对医生医德的要求。比如在“醒迷歌”中，他提出要淡泊自足、正直无私，不求荣近辱。而这也是他一生的写照。

道地药材汤翁名

汤显祖《牡丹亭·詷药》：

【女冠子】〔净上〕人间天上，道理都难讲。梦中虚诳，更有人儿，思量泉壤。陈先生利市哩。〔末〕老姑姑到来。〔净〕好铺面！这“儒医”二字，杜太爷赠的。好“道地药材”。这两块土中甚用？

研究者认为，中医药现在流行的“道地药材”一词，始于此，是戏剧家汤显祖的首创。道的本义是道路，也指方向、方位，在古代还是行政区划。不同时期的道性质与行政单位不尽相同。道出现在秦朝，与县同级别，后又不同。唐初分天下为10道；而宋改“道”为“路”；元朝在行省区划之下设道，道之下有路；而明清时，道为省之下的军区通称。“道地”的意思就是有方向、有坐标的地点。那么，道地药材，指的就是有明确产地的药材。按理来说，这么一个很有专业性、学术性的词，应是出自药学家之口，而“道地药材”一词偏偏出在一个戏剧家之口。而且一说出便被药家所认同，所重视，是颇为有道理的。有人对于药材的地源性在经典的药学著作中进行了梳理，如《神农本草经》：“土地所出，真伪新陈，并各有法。”孙思邈《千金翼方》：“用药必依土地。”唐慎微在《证类本草》将药材与产地联系在一起，如“齐州半夏”。寇宗奭《本草衍义》：“用药必须择州土所宜者。”元代建昌路总管萨谦斋的《瑞竹堂经验方》里也有“道地”一词，如：“生地黄（怀州道地）、熟地黄（怀州道地）。”明太医院刘文泰等编撰的《本草品汇精要》中，对每种药物项专列“道地”条目，明确道地优劣药材260余种。诸多著作都阐释了药材的产地、质量与疗效之间关系，强调了产地的重要，换句话说，也就是强调了道地药材的意义。

汤显祖博学，他所涉猎除诸子百家之外，还有天文地理、医药筮卜、水利、谱牒等。他在《与司吏部》一信中还提到“道地精药”一词。他说：“仆素羸，裁过时不得食卧，辄病惙数日。每自亲择药，常叹曰，神农于人有功，一得其食，二得其药 。徙北则朝请谢谒，常尽辰午，失食。道地精药多不至北。取假频数，大吏所恶。且曹事沓迫，宁当舒枕卧邪？”他对于药材有较好的了解，能在剧本中写出“好道地药材。这两块土中甚用？”说明他是有知识储备的。这也说明，创新是建立在掌握一定知识的基础之上。如果没有掌握一定的知识，你想创新，那是空中楼阁，是做不到的。

如今，“道地药材”一词通用于药学著述及法律文件之中。2018年12月，农业农村部、国家药品监督管理局、国家中医药管理局编制并印发的《全国道地药材生产基地建设规划（2018—2025年）》文件中提出：“道地药材是指经过中医临床长期应用优选出来的，产在特定地域，与其他产区所产同种中药材相比，品质和疗效更好，且质量稳定，具有较高知名度的药材。”

汤翁处方疗妻疾

明代戏剧家汤显祖是享誉世界的文化巨擘，他的"临川四梦"传唱四百年经久不衰，尤其是《牡丹亭》，"情不知所起，一往而深""生可以死，死可以生"深深地感染了一代又一代的读者。鲜为人知的是，汤显祖以儒通医，精通医药知识，还曾为妻子开方给药。他的医药实践与为官从政、诗文创作相伴相生。

汤显祖，字义仍，出生于抚州城文昌里一个书香世家，祖上四代在抚州都颇有名望：高祖汤峻明藏书数万卷；曾祖汤廷用勤学好文；祖父汤懋昭性情高洁恬淡，读书过目成诵，作文挥笔成章，是个"望重士林，学者推为词坛上将"的才子，40 岁后却笃信道教，闭门潜修，这对汤显祖爱好医学产生了重大影响；父亲汤尚贤知识渊博，是个"为文学者，举行端方"的儒士；伯父汤尚质酷爱戏曲，还从事过戏曲活动；母亲吴氏，亦自幼熟读诗书。汤显祖深受家庭熏陶，勤奋好学，也曾经是个少年英才。他 5 岁时上家塾就会对对子；12 岁时就会写诗；14 岁时补入县学，每试必名列前茅。隆庆四年（1570）秋，汤显祖参加乡试，以第八名中举。此时的他，除了精通诸子百家，写诗作赋外，还熟读天文地理、医药卜筮、河渠墨兵诸书，具有多方面的才能。26 岁时，他的第一部诗文集《红泉逸草》刊行于世。从此，他文名远扬，"海内以得见汤义仍为幸"。同样是这一年，在繁花似锦的春天，汤显祖妻子吴氏怀孕，妊娠反应强烈，频频恶心呕吐。好在汤显祖通医，给妻子服用了半夏散，为此他还写了首诗——《内人服散》：

晓镜当窗影碧纱，曾无心绪到铅华。

经春恶阻知何药？还爱新飞水玉花。

诗中“水玉”，便是半夏的别称；“飞”，是说粉末漂浮在水面上；“花”，即水花。然而，谁也没想到，一路顺风顺水的汤显祖，此后的求仕之路却突然变得异常艰难崎岖。10多年间，他曾经四度参加会试都名落孙山。而造成这一不幸的原因，竟然是因为他洁身自好，先后两次拒绝首辅张居正的招揽。直到万历十一年（1583），张居正死后第二年，34岁的他才考中进士。

汤显祖中进士后，当朝首辅申时行和内阁大臣张四维想拉拢他做门生，汤显祖一如既往地拒绝。他说：“余方木强，故无柔曼之骨。”意思是自己全身都是硬骨头，不会委曲献媚。结果在北京礼部观政（见习）后正式分配工作时，“硬骨头”的汤显祖被扔到了南京，以七品官到南京任太常寺博士。众所周知，明朝以南京为留都，设有一套完整的中央官僚机构，但是南京官署只是个安置闲散或受冷遇排挤官员的地方。就在前往南京的途中，汤显祖路过河北东光县，看到驿站的墙壁上题着不少纪念御史刘台的诗。刘台曾因上疏弹劾张居正被抓捕下狱，流放广西，路经东光县驿站时抱病身亡。张居正死后，人们路过东光，纷纷在驿站墙壁上题诗表示哀悼。于是，汤显祖也提笔写下一首七绝：

哀刘泣玉太淋漓，棋后何须更说棋。

闻道辽阳生窜日，无人敢作送行诗。

汤显祖讽刺的是这些作诗表示哀悼的人。刘台生前被放逐的时候，你们别说为他送行了，有几个人敢写送行诗？这就是汤显祖的耿介。

尽管汤显祖也擢升南京太常博士，后又任詹事主簿、礼部祠祭司主事等职，但都属于闲职，汤显祖的经时济世之才难以施展。在南京6年，他奋发读书，研究音律和戏曲，闲暇之余游览古都南京的山川名胜，与顾宪成、高攀龙、邹元标等当时政坛、文坛名流交游切磋。万历十四年（1586）至万历十七年（1589），江南水旱相继，瘟疫流行，“白骨蔽江下”。朝廷发了数十万两赈灾银，派来特使杨文举安抚灾民。杨文举却借机侵吞灾款，收受贿赂，卖官鬻爵。当朝宰相申时行居然对其加官晋爵，而将一些忠于职守、勇于揭发的御史贬谪。汤显祖难掩胸中愤懑，奋笔写下《论辅臣科臣疏》，严词弹劾首辅申时行和科臣杨文举、胡汝宁，揭露他们窃盗威柄、贪赃枉法、克掠饥民的罪行，并直指申时行等人的误国行径，要求彻查杨文举等一干贪官。疏文还对万历登基20年的政治进行了抨击，他说：“前十年之政，张居正刚而有欲，以群私人嚣然坏之。后十年之政，时行柔而有欲，又以群私人靡然坏之。”辞意严峻，震动朝野。被抨击的官员，有的赌气不去上朝，有的以辞职相要挟。万历皇帝更是大怒，直斥汤显祖“假借国事，攻击元辅”，把他贬到雷州半岛南端的徐闻县做了个编外典史。

徐闻地处雷州半岛最南端，自然条件与社会环境非常恶劣。汤显祖在给朋友的信中也说徐闻“其地人轻生，不知礼义”“总不好纸笔，男儿生事穷”。他深知改变陋俗的根本举措在于加强教化。走马上任的第三天，他就实地察看教育设施。县学破败不堪，学生无所诵读，重建书院成了当务之急。经费不足，汤显祖就和知县熊敏把俸银捐献出来；没有地方，汤显祖就亲自选址。几个月后，书院建成，取名“贵生书院”。汤显祖亲自撰文，写下了著名的《贵生书院说》，详尽说明自己办学的初衷、理念与追求。文中写道：“知生则知自贵，又知天下之生皆当贵重也。”

以儒通医四香戒

汤显祖在徐闻任职一年后遇赦，内迁浙江遂昌知县，一任5年，政绩斐然。

遂昌山峦重叠，土地贫瘠，素有“九山半水半分田”之称。汤显祖却在这里大显身手，在遂昌任职期间，为当地百姓做了许多好事，除虎患、抑豪绅、建书院、劝农耕，甚至于除夕放囚犯度岁，元宵纵囚观灯。他为政宽简，深得士民爱戴。在他弃官后，遂昌士民建生祠来纪念他。

但是由于当时万历皇帝见国库空虚，就派宦官借采矿开矿为名，滥租矿税敲诈勒索，大肆搜刮民财。作为小小县官的汤显祖无法改变这一状况，在万历二十六年（1598）选择了弃官而去。遂昌，几乎是汤显祖一生从政最有成就的地方。不过在遂昌时，他和家人也经常生病。汤显祖的女儿生病时，汤显祖经常检索小儿方，为女儿治病，就像他在《为阿女多病检方》所写的那样：

岭外时留苏合香，炉头汤沸小儿郎。
不知颅额经中说，黄帝曾无立小方。

他在遂昌认识了方外名医达公，从此成为一生知己，后来达公还专程到临川看望汤翁。

离开遂昌，回到故乡临川后的汤显祖彻底告别了官场，他的生活也更加清贫，有时只能喝粥度日，《明史》称之为“蹭蹬穷老”，意思是“困顿失意穷老”。但是，汤显祖依然十分热心家乡公益事业。他慷慨解囊两度助修文昌桥，联络好友高应芳、舒化、陈文燧、曾如春等创办崇儒书院。也正是在这段时间，汤显祖潜心戏曲创作。在《牡丹亭》中，他首创“道地药材”一词，可见当时的人们已经非常重视药材的原产地。

一天，好朋友赵仲一给他寄来了不少礼物，其中有镇番枸杞、西域葡萄、西宁延寿果等，汤显祖一口气写了8首绝句表示感谢，其中《镇番枸杞》诗曰：

明目轻身作地仙，殷殷红子意相怜。
不须更问西河女，活水铜饼金髓煎。

从这首诗可以看出，汤显祖对枸杞的品相优劣（殷殷红子意相怜）、药用功效（明目轻身作地仙）、服食方法（活水铜饼金髓煎）等了如指掌。

为官15载，归隐18年。弥留之际，汤显祖留下了《诀世语》7首，要求丧事从简，不请僧人念经超度，不用牲畜祭祀，不烧化纸钱，不用上好木料作灵柩，不久厝延搁。其洒脱处世的天性和高洁无私的品行让世人感佩景仰。而他的“四香戒”：“不乱财，手香；不淫色，体香；不诳讼，口香；不嫉害，心香。常奉四香戒，于世得安乐。”朗朗上口，通俗易懂，直指人心，穿越四百年而依然振聋发聩。

乐善好施承家学

张荣，字继川，明末清初新城县（今江西省黎川县）百岁里人。张荣出生于医学世家，其先祖张复兴（一作福兴）于明代成化年间以幼科荐举起家，以医入仕，官至奉议大夫、太医院使。新城县城曾经有一座恩荣坊，便是为纪念张复兴而立。为医家哪怕是医官立牌坊，在古代社会都非常罕见。

受家学熏陶，张荣从小便精研苦读《黄帝内经》《难经》《伤寒论》等医经。加上家传儿科积淀深厚，张荣自然也对儿科特别感兴趣，选择儿科为自己行医的主要方向。在历代医家中，张荣最推崇明代盱江名医龚廷贤，刻苦钻研他的《小儿推拿秘旨》，尤其精于治疗小儿天花。《难经》有云："望而知之谓之神，闻而知之谓之圣，问而知之谓之工，切而知之谓之巧。"张荣就是望气而知人吉凶的神人，因此登门求治者不断。张荣每天忙得不可开交，救活的小孩不计其数。而且张荣从来不计较诊金，对于家里没钱的，体质虚弱、长期患病的老病号尤其照顾。张荣晚年因患足疾，一条腿行动不便，于是每天坐轿子出诊。村孺妇女都认识他那顶轿子，只要看到这顶轿子，就知道是张荣要出诊去救人了，便自觉地避让。

张荣还非常乐善好施。崇祯九年（1636），新城县发生饥荒，知县杨荣召集地方上有钱的地主、富户捐粮赈济灾民，张荣第一个捐米。不仅如此，张荣还做通几个儿子的思想工作，让每个儿子捐出一千石粮食。时任江西巡抚解学龙得知张荣的慷慨义举，要旌表其门。张荣婉言谢绝，说自己只是略尽绵薄之力。到崇祯十五年（1642），又是一个灾荒之年，这一次还叠加了瘟疫，病死的、饿死的随处可见。张荣拖着他一条病腿，挨家挨户去

學醫術遍訪明師得異授精通唐宋朱劉各家及素問
針經諸書能預決人生死往往奇中又賦性慈愛凡貧
賑恤貧民常製萬病無憂丸施佈賴全活者甚眾諸上
官嘉其精篤給送賚予甚厚延道真公可期服藥得效
亦加旌揚著醫書二十卷名元宗司命其傷寒男婦內
外針灸及小兒諸方皆精備無遺又著道書全集金丹
秘旨天時運氣諸書及門二十餘人男景湯景立俱能
世其業
上官榜字念川灌湖人亦幼科之名醫也幼出遊遠方學
醫術傳有異人授以秘方歸而醫道大行每歲遇疹痘
大作榜足不停踵雖昏夜不憚煩勞所全活無算與同
邑張繼川齊名年七十餘卒子上官順亦能世其業上以
新城縣志 卷之十 方技
國朝
余紹甯字義周祖籍南城後居新城南機坦幼讀書二十

◎同治版《新城县志》卷十中的余绍宁小传

给患者治病发药。疫情是慢慢控制住了，可是饥荒还在蔓延。知县大人林士科再次登门拜访，希望张荣能带头捐献粮食，哪怕煮点粥给饥饿的灾民吃也好啊。张荣二话没说，一如上回一样把家里的积粮全部捐献出来了。可是等灾情结束，到了庆功嘉奖的时候，张荣又“退却”了。他淡泊名利，但是人们都非常敬重他，官府多次把他当作地方乡绅的楷模，可是都被他婉拒。张荣一直活到 80 多岁，他儿子张允达也以医为业，孙张熺则习儒，考中了举人。

行善救人得仙方

顺治七年（1650），分守湖东道的道台老爷莫可期带着丰厚的礼品和几名随从奔赴辖区内的新城县。只见这支队伍没有大摇大摆地去往新城县衙，而是蹩进了南机堌一所小小的诊室。诊室的主人叫余绍宁，字义周，祖籍南城县，后来移居到新城县。原来，半年多前，莫可期突然身染重病，卧床不起，延请了多位医生，却都束手无策；后经人介绍，得余绍宁诊治，药到病除，这次是专门微服来新城县当面致谢的。对于莫可期来说，这是生死攸关的人生大事，但是对余绍宁而言，却再稀疏平常不过了。

余绍宁自幼苦读诗书，有志于科举。然而却遭逢明末乱世，或许是遗民观念使然，20岁时，余绍宁突然弃儒从医。在作出这个人生重大决定后，余绍宁便一边刻苦攻读《黄帝内经》《伤寒论》等医学经典，一边遍访名师，博采众长。余绍宁本身就有较高的文化水平，再加上吃得苦中苦，所以尽管学医比较晚，也没有家学渊源，但余绍宁却进步飞速，医术一日千里。伤寒、男、妇、内、外、针灸及小儿诸方，皆精备无遗，因此很快便远近闻名。余绍宁天性慈爱，特别体恤穷人。他知道，对穷人来说，病来如山倒，往往家财散尽却不一定捡回来一条命。所以他特别注重为穷人防病，每年制作万病无忧丸施布给穷人。在余绍宁的故里，至今还流传着一则有关他体恤穷人，幸得仙方的故事。

据说，某日余绍宁正在家中吃晚饭，忽然有一个叫花子走进来，在门边的竹椅上坐下，手指后颈，咿咿呀呀地叫个不停。余绍宁不明其故，便放下饭碗，近前一看，只见这人颈项后红肿得梨子般大小，已经化脓，疼痛自不必说。余绍宁料定是来求医的，顾不得吃完饭，立即给这人开刀上药。而后，这人又咿咿呀呀地叫个不停，从他的手势来看，是肚子饿了。于是余绍宁又吩咐家里人给他饭菜。吃完饭，这人呆坐一旁，没有要走的意思。余绍宁便吩咐家人把他留在客房歇息。就这样，一日三餐，三日九餐，管吃、管住、管换药。一直到第十天，这人颈疾痊愈。这晚，家人待要叫他吃饭时，却不见他的踪影，便深怪这个叫花子太不懂情理，居然连一句感谢的话都没说，就不辞而别了。余绍宁却说："从医者，治病救人为本，别无他求。"

一年后，也是一个傍晚时分，只见这个叫花子又找上门来。这回他居然开口说话了，他说："去年多蒙先生关照，不仅医病不收分文，还管吃、管住，真是感激不尽。我这次是特地来报恩的。"说完直奔内室，要求面见先生。不巧，那天余绍宁出诊未归。那人便从口袋里拿出一张大红请帖，叮嘱其家人务必呈交先生过目，然后走了。

次日，余绍宁出诊归来，家人呈上请帖，并将昨日之事述说一遍。余绍宁接过一看，只见上面写道："明日午时三刻，普陀庙内便宴，敬请大驾光临。"下面署名"山人"二字。余绍宁心想：叫花子下请帖，倒叫人为难。去吧，与叫花子划拳吃酒，有失斯文，传扬出去，岂不丢人现眼；不去吧，又却人诚意。想来想去，决定去看看再说。第二天正午，余绍宁独自漫步普陀庙。但见庙宇破败，神像有残，一派荒凉。四处寂静，不见一人，好生纳闷；绕过回廊，只见左边断墙下冒出一缕青烟；走近一看，原来是两块石头架口锅，火苗并不很旺。余绍宁揭开锅盖一看，吓了一跳，锅里煮的竟全是大大小小的金元宝。余绍宁心里惊异万分，心想：这莫非就是那人宴请我的筵席？这一锅金元宝，少说也有十斤八斤，一个叫花子怎来这么多财富？莫非伙同歹人明抢暗偷来的？余绍宁百思不得其解。他将锅盖按原样盖上，转身朝庙门外走。才出庙门，只见地上有一封书信，上面赫然写着"余绍宁恩人收"。他忙拾起那信，抽出信笺，上面写着一首打油诗：欲传点金术，误作肮脏钱。见财心不动，先生比圣贤。硼砂加朴硝，蜂蜜熔金砖。世闻吞金人，服此解危难。"余绍宁回家后对这诗字斟句酌，并联想到当日请帖上的“山人”署名，悟出这首诗很不寻常。“山人”两字合为一体是个“仙”字，这岂不是仙人留赠的仙方？心里着实高兴。不久，当地有人吞金自尽，余绍宁便以硼砂、朴硝加蜂蜜为丸，服之，果然神效。

或许是因为早年学儒，余绍宁特别注意总结自己的行医心得，先后著有《玄宗司命》《道书全集》《金丹秘旨》《天时运气》等。门下弟子先后20余人，两个儿子景汤、景立都以医见业。

虚怀若谷恤孤穷

明末清初之际，江西南丰有这样一位医家，他方不循古，却总奏奇效；遇贫穷病家，不仅不收诊金，而且亲自煎药熬汤，提供饮食，最后竟然以医积劳成疾，不幸辞世。他，就是徐亮。

徐亮，字小明，号怡谷，出身于书香门第。父亲徐如宾为秀才，嗜书如命，手不释卷，然而却一病三年，撒手人寰。此时徐亮尚未成年，但却暗暗下定决心要完成父志，考取功名。无奈生不逢时，几次参加科举考试都名落孙山。随后清军入关，徐亮也就断了仕途念想，在老家靠教私塾养家糊口。就在徐亮以为自己会当一辈子私塾先生，清苦奉养老母的时候，南昌名医黄岐园因避乱寓居南丰。黄岐园，也是习儒出身，气概豪迈，博学强记，医术超群，县里多位秀才追随他学医，徐亮便也拜入门下。但是其他秀才们大都半途而废，只有徐亮坚持苦学 3 年，加上他悟性高，最后尽得其医道精髓。学成后，徐亮便在南丰行医。每治一病，都要反复研虑，有时候到半夜都还不睡觉。徐亮开方用药非常灵活，往往出其不意，让其他医生觉得无法理解，但是效果却奇佳。徐亮就这样一次次用疗效为自己打开了名声。但是他却始终保持一颗敬畏之心，虚怀若谷，为人谦卑。碰到同行，哪怕是医术平庸之辈，也虚心与人研讨医术，没有任何傲慢之色。对于病家，无论贵贱贫富一视同仁。或许是因为自己幼年丧父，徐亮对孤穷无依的患者特别同情，不但亲自煎药熬汤，还把患者安排在家食宿，嘘寒问暖。徐亮气象恬雅，与人交往温婉和气，即使是被对方拂抑，也始终保持温文尔雅的风度。同时代的南丰乡贤谢文洊称赞他是有道君子。但是对于朋友的过失，徐亮却一定直言劝诫，丝毫不留情面。徐亮生性恬淡，不喜欢城市喧嚣，晚年隐居在良筹山。可虽说是隐居，一旦有人找上山来请他去诊病问疾，他二话不说，立马背上药囊就去，而且往往一去就是好多天。所以作为他的邻居，谢文洊也很少看到他在家。偶然一次碰上了，徐亮便与谢文洊畅饮对谈。谢文洊发现徐亮温厚的外表下也是非常有血性的人，愤世沉深不露。然而就是这样一个人，最后却因为一日三餐不定时，加上积劳成疾，不幸病故。徐亮行医，以救人为乐，不计较报酬，特别愿意为穷人看病。平生言行谨慎，不敢有丝毫过错，他曾说："不能辱没了老母亲。"

徐亮一生救人无数，但其中有一位却很特殊，最后成为其弟子门徒，传其衣钵。此人叫丁化，字雨涛，也是南丰人。和徐亮一样，丁化也是父亲早丧，由寡母拉扯长大，其家境可想而知。丁化少时苦读诗书，渴望考上功名改变命运，然而却因为读书过于辛苦而得了失血症，几乎丧命。所幸遇到徐亮，把他从死神那拉了回来。病愈后，丁化便弃儒从医，跟随徐亮学医，最后成为名医。

善治小儿活菩萨

张名弼，字良臣，新城县百岁里人，清代康熙年间医家，善治小儿，更兼医德高尚，人们不呼其名，尊称为张翁。

张名弼家本是儒家子弟，祖上世代学儒。可能是生逢明末乱世，张名弼没有能够走科举之路，而是选择以医为业。他熟读医书，精通切脉，常常对症下药，药到病除。康熙三十三年（1694），时任新城知县解光爚的小儿子患沙石淋，即小便涩痛，尿出砂石，情况颇为不妙。解知县遍请当地名医，却均束手无策，最后延请张名弼上门救治。张名弼诊察后，当即给解知县吃了颗定心丸："此证属厥阴肝经病，治以疏肝畅达之法即可。"于是用吐剂，三服而溺通。群医都直呼神医，张名弼却说："是你们不读书，少见多怪而已，《灵枢》有云'遗溺癃闭，予用木郁达之法'，当然见效。"由此张名弼名动四方，来求治者盈门。不管穷人富人，张名弼都毫不推辞，不论寒暑，一定立即跟随病人家属前往。他把治病比喻为救火，片刻也不能耽误。治愈后也不计较报酬，病家给多少拿多少。张名弼诊室在新城县城南南津，原非闹市区，然而每天路上却摩肩接踵，好不繁忙。特别是每天一大早，前来找张名弼看病的人络绎不绝，有抬着轿子来的，有背着小儿来的，也有十万火急奔跑着来的。而张名弼诊室里也往往是一番忙碌的情景，小孩子的哭喊声此起彼伏。张名弼从不考虑亲疏关系和家境贫富，哪怕是达官贵人，也得排队，按先来后到的次序施治。如果患者路途遥远，或者一时半会儿暂时治不好的，张名弼便让家属抱着小儿到他家住下来，免费提供食宿，直到治愈小孩为止。对于家里实在困难的，不仅不收诊金，还赠以十天半个月的伙食和抓药钱。由于医术高明，病人很多，张名弼每天的诊金收入还是挺丰厚的。但是他毫不在意，随便用两个布袋子装着，晚上回家的时候让学徒背着。张名弼在新城县是有名的活菩萨，都知道他乐善好施。一些穷苦人有难处了，无计可施的时候，只要提前在张名弼必经之路等着，等到他回家途经的时候，便跟他诉苦，张名弼往往有求必应。康熙三十六年（1697）和四十三年（1704），新城发生两次大饥荒，张名弼把家里全部的积蓄拿出来买粮食赈灾，还让妻子杨氏每天一大早就起来蒸豆煮粥给饥民食用。正因为积善成德，大家对张名弼也非常敬重。新城县一些年轻人有时候打架斗殴，只要张名弼出面，双方必然立即罢斗而散。

寄居寺庙苦学医

在清代乾隆、嘉庆年间，有位南城籍医家以精湛的医术驰名京师，王公贵族争相礼聘。这位医家出身寒微，早年寓居寺庙苦学医术，他便是曾鼎。成名后的曾鼎依然性情豁达慷慨，从不计较名利得失。晚年勤于著述，著有《痘疹会通》《妇科指归》《幼科指归》等行世。

曾鼎，字亦峦，号香田。雍正十三年（1735），曾鼎出生于江西省南城县一个医学世家，其父是南城当地小有名气的地方名医。因家族世代业医的缘故，平时耳濡目染，曾鼎从小就涉猎了一些医籍，对医学稍知皮毛。然而少年曾鼎志向不在习医，而是攻读四书五经考取功名。后因父亲去世，原本就不富裕的家庭立马陷入困顿，曾鼎无奈只能弃儒从医。然而，曾鼎的医学之路起步并不顺利。刚开始读《黄帝内经》时，完全茫然不解。于是他又找来一大堆名家校注本作为辅导书，但还是没有开悟。他身边没有名师可以指点迷津，唯一的办法便是到记忆深处去搜寻父亲与同行论医的片段。然而记忆中，父亲唯一让他印象深刻的话只有“医之要在脉，而医之难亦在脉”。父亲的这句话，让曾鼎一生最重脉诊。身边没有名师指点，曾鼎便背井离乡去寻找名师。而曾鼎心中最仰慕的名医，非喻嘉言莫属。喻嘉言，名昌，字嘉言，江西南昌府新建人，清初名医。在得知喻嘉言在南昌白马庙修行后，曾鼎便弃家赴南昌，寄居于白马庙，跟从喻嘉言学医，尤其是学习脉理。刚开始是试诊见习，但凡有患者来找喻嘉言看病，曾鼎便先行把脉，通过实践体悟各种脉象的细微差别。苦学八年后，曾鼎开始给人诊病，切脉、开方、配药，往往疗效显著，治愈者多。厚积薄发的曾鼎行医起步倒是顺风顺水，于是医名渐渐传开。

乾隆四十四年（1779），曾鼎被原临江知府李汇川延请至浙江宁波行医。第二年，又由浙江宁波进京，创立忠恕堂悬壶济世。忠恕，为儒家推崇的道德规范，尽心为人谓忠，推己及人谓恕。可见，曾鼎始终恪守儒家伦理。曾鼎在北京很快便名声大噪，王公贵族争相与之交往，请他诊病。但是曾鼎秉性不移，对穷苦病患，曾鼎不但不计酬谢，而且反过来以财物资助；对于达官贵人，如果不以礼相待，曾鼎绝不上门出诊。曾鼎非常注重整理自己的临床经验，凡有心得，便随时记录在册。乾隆五十一年（1786），在朋友们的鼓励和资助下，他把日常经验稍加整理，编成第一部医籍《痘疹会通》。但是因为正好有新的聘任，仓促之间，无暇校正，治学严谨的曾鼎放弃了在北京刊刻医籍的机会，而是携书稿南归。此后曾鼎再次回到南昌行医。年近八旬之时，曾鼎本打算闭门谢客，不问医事，颐养天年，无奈每日上门求治者踵门，医者仁心，终难不闻不问。朋友们担心他的医术失传，都“怂恿”他著书立说。于是在生命最后几年，曾鼎总结其毕生悬壶济世的经验，完成了四部医籍：《医宗备要》《妇科指归》《幼科指归》《痘疹会通》，并于嘉庆十九年（1814）刊刻。有意思的是，五十多年后的同治八年（1869），时任襄阳知府、浙江海宁人何国琛深感时医脉诊不精，而《医宗备要》一书难求，于是命人详加校勘，重新刊刻，足见其泽被后世的功德。

十代世医自君始

距抚州城东 15 里，今临川区七里岗乡新殿村，有黄氏家族，自清初开始，累世为医，子孙延递，均以“不为良相，定作良医”自励，仅见于家谱有传、赞等生平详细资料的医家便有 16 人之多，而黄目彝则是这个世医家族行医之肇始。

黄目彝，名上尊，字目彝。黄目彝祖上自宋代便世居新殿，其父黄仲珍是个老实巴交的农民，一直为没有子嗣忧心忡忡。直到康熙二十七年（1688），年过六旬的黄仲珍才喜得贵子，这便是黄目彝。黄目彝小时候非常聪明，有悟性，老年得子的黄仲珍自然希望儿子能读书考功名，光宗耀祖，于是早早把黄目彝送到族中私塾。黄目彝也没有辜负老父亲的期望，学业一直非常优异，言行举止落落大方。但是老父幼子，黄目彝又是孝子，他要时时刻刻尽心尽力伺候年迈的父亲，分身乏术。所以直到黄仲珍 90 多岁去世，黄目彝也没有考得半点功名。在送走了老父亲后，再环视下这个徒剩四壁的家，再看看嗷嗷待哺的孩子和无助的妻子，黄目彝深知为人父、为人夫的责任，只能放弃自己的理想、父亲的期望，另寻出路。可是能做什么呢？一介书生，手无缚鸡之力。俗话说，百无一用是书生。思来想去，也只有做医生最为合适。一则先哲有言“不为良相，便为良医”，医生做得好，治病救人，一样是救人济世；二则儒、医相通，自己先前十几年学儒的功底还能派上用场，从儒转行入医上手来得快。于是，黄目彝决定以医为业。他日夜苦读，精究岐黄之术。由于悟性好，进展很快，尤其对于针灸之术，更是触类旁通。在学医过程中，黄目彝发现善治痈疽的好医家极少，而庸医往往借机肆意谋利，于是他特别用心于痈疽，也奠定了新殿黄氏善治痈疽的家学传统。黄目彝以儒驭医，为人气度雍和，总是慢条斯理，从不疾言厉色，颇有儒者之风，这让病家愿意亲近他，找他诊治。加上医技出众，疗效显著，很快便医名远播。随着上门求治的人越来越多，黄目彝家里也渐渐富裕了。或许是念念不忘自己当年贫寒学儒的艰辛，富裕起来的黄目彝对儒生礼敬有加，呵护备至。遇到读书人有疾痛找他治疗，一定特别细心调护。有时候碰到难治之病，而寒门儒生囊中羞涩，他便自掏腰包，丝毫不计较，必以治愈为念。据《龙岗黄氏族谱》记载，黄目彝活了 100 多岁，生有 4 子，除长子学博没有继承父业外，其余 3 子学林、学山、学海，都以医为业，悬壶乡里。此后，黄氏医术代代相传，从黄目彝以下，至今已传至第十代。除了下篇专门讲述的黄太和及其后裔外，龙岗黄氏还涌现出了黄起鸿、黄生发、黄保元、黄鼎和、黄殿荣等多位医技精湛、医德高尚、悬壶济世、造福乡里的好医家。黄起鸿，字先传，黄目彝孙，心悬济世，亲邻沐惠。黄生发，字恒高，号敷荣，黄目彝玄孙，生而颖悟，做生意起家，晚年才习医，从不计较医药费，把行医当慈善事业。其子黄保元，字晋蕃，号培云，心存济世，妙手回春，曾得到知府题赠匾额。黄文堂，字朋祖，黄目彝六世孙，远近闻名，患者络绎不绝，长年赠药济人。黄鼎和，黄学海孙，因家贫而学医，家境宽裕后常常借贷给穷人，不收利息。其子黄殿荣，淡泊名利，热心公益，不以医谋利，曾作诗曰："不才无幸有何尤，惟是功名莫我求。谨绍轩岐垂燕翼，深思陶顿觅蝇头。丹心济世人多仰望，白发衰年志尚优。"可见其高尚的医德。黄殿荣之子黄肇修也以医为业，精通医学，在地方上也小有名气。而黄肇修之子黄义田，毕业于九江医专，退休前也是一名乡村医生，精于西医内科，如今已是耄耋之年。

治愈痈疽拒重金

黄太和，今临川区七里岗乡新殿人，前文医家黄目彝的玄孙。与黄目彝一样，黄太和也是因家贫而弃儒从医。

黄太和生于嘉庆四年（1799），家族从高祖黄目彝从医算起，已经四世为医，堪称医学世家。然而，由于黄太和小时候特别聪明，一双眼睛炯炯有神、闪闪如电，乡人都觉得这孩子以后必成大器。于是父兄宗族对他期望值特别高，称他是“吾家千里驹也”。所以黄太和自小就被作为家族未来希望进行培养，不到 10 岁便入私塾。黄太和也确实聪敏异常，连老师都经常夸他，认为将来大有出息，科举功名如探囊取物。无奈家里光景不好，温饱问题还没解决。看着父母含辛茹苦，而自己已经成年，却还不能为双亲减轻负担，内心无比煎熬，不得已放弃科举梦，慨然投笔而学医。这只千里驹就这样提前离开了科举赛道，令不少宗族父老扼腕叹息。然而，黄太和却无暇顾及父老们的感受，转身便投入到学医中。医乃新殿黄氏家业，学起来自然很方便，黄太和很快便从学医转为行医。果然，靠着做医生，黄太和的家境逐渐得到改善，慢慢也成了小康人家。

人到中年，黄太和的医术更加精湛，十里八乡登门求治者越来越多。但是黄太和不惮劳苦，不管多远，都亲自前往诊治。有些患者家里穷，买不起药，眼看着就要放弃治疗，坐以待毙，黄太和总是自己掏钱给病家买药，务必治愈为止。黄太和的医名不仅盛于临川，还传到邻县东乡去了。据说当时东乡知县的妻子手臂上长了一处毒疮，百医不效。有人便向知县大人推荐说，临川龙岗黄氏善治痈疽，尤其黄太和医术高超，名闻乡里。于是知县大人便派人带着聘金到龙岗把黄太和请去。黄太和一到东乡县衙，仔细诊察，开方抓药，不几天，知县夫人便被治好了。知县大人激动得直夸神医，非要重金厚谢，黄太和坚辞不受。知县大人只好作罢，撰联相赠，其联曰："有术行仁君是问，惟贫非病我难怜。"一时之间，黄太和的美名在临川、东乡两县家喻户晓。

黄太和上承黄目彝为第四代，未曾想下启了六代医学传承，绵绵瓜瓞。他儿子黄国荣、孙子黄吉修，黄吉修的儿子黄心田、孙子黄雨亭均承袭家学，善治痈疽。黄雨亭长子黄文祥，退休前在临川区嵩湖乡卫生院工作；三子黄顺祥，退休前在临川区七里岗做乡村医生。二十世纪七八十年代，小孩子容易长疮生疖，黄文祥、黄顺祥用祖传中药制作成药贴，一贴就好，廉价而高效。目前两人仍在利用自己的医学技能发挥余热，服务乡里。而黄顺祥的两个儿子，也正在接过前辈的接力棒，行医乡间。算起来，他们是黄目彝的十世孙、黄太和的七世孙。

君离转恐病难消

今天医学水平已经相对比较发达，中暑或许只能算是“小儿科”，很容易就治愈，至少很难会有生命危险。但是在古代，中暑可是疑难杂症，历史上不少名人因中暑而亡，比如苏轼、李清照的丈夫赵明诚等。而盱江医学流派有位医家，便因治愈了大才子袁枚的暑证而被袁枚写入《随园诗话》，至今让人津津乐道。

袁枚（1716—1798），字子才，号简斋，晚年自号仓山居士、随园主人、随园老人。钱塘（今浙江省杭州市）人，清朝诗人、散文家、文学批评家和美食家。袁枚少有才名，擅长写诗文。乾隆四年（1739），23 岁的袁枚便高中进士，可谓春风得意马蹄疾，一日看尽长安花。而同科一位来自江西南丰县的举子却因名落孙山而从此弃绝科场，改行医道，他便是赵藜邨。此后两人的人生境遇当然是天壤之别，袁枚先后于溧水、江宁、江浦、沭阳等处共任县令 7 年。他为官勤勉正直，颇有声望，但没有得到升迁，加上本身无意吏禄，遂于乾隆十四年（1749），辞官隐居于南京小仓山随园，吟咏其中。而赵藜邨则精研岐黄之术，悬壶济世于南京的民间乡野。闲暇之余，仍不失读书人的本色，偶尔写写诗文自遣。

时间很快来到了乾隆二十一年（1756）。这年夏天南京异常燥热，住在随园别墅过着悠闲日子的袁枚竟然中暑了。先是聘请了南京城里也小有名气的医生吕先生来诊治。吕医生诊断为太阳经疟，处以升麻羌活汤，意在清热解毒。没想到这天吃过中午饭后，袁枚正在午休，却突然头晕目眩，肚中如翻江倒海，呕吐不止，坐卧不安。袁枚年迈的母亲只好把袁枚扶起，让他侧身靠在床沿上。袁枚但觉气血翻涌，胸闷异常，危在旦夕，一家人急得团团转，正要派下人再去把吕医生请来，却听门口来报，有个叫赵藜郇的自称是袁枚的同征友来访。如此关头，袁家哪有闲工夫接待朋友，只能让仆人回话说袁枚病重，请他先回，下次袁枚定然登门回访。赵藜郇一听袁枚病了，也不见外，直言自己略通医理，可以给袁枚看看。袁太夫人听说后，便让仆人把赵藜郇领进袁枚的卧房。赵藜郇进来后，给袁枚把了脉，仔细察看症状，又问了问近日的生活起居、此前医家诊治情况及目前的身体感受，袁枚一一作答。听后，赵藜郇微微一笑说："这是阳明经暑热，我能治得了。"随即写下一个方子让速去买药。很快药买来熬好了，加上一些石膏粉搅匀，就让袁枚喝。一勺下肚，袁枚顿觉犹如千钧之石，将肠胃压下，血气不再上涌。半碗喝下去，就已经沉沉地睡去了。不久额头上微微出汗，睡梦中，迷迷糊糊地听到母亲在他跟前念叨："难道是吃了仙丹吗，见效这么快啊。"睡了一会儿，袁枚就醒了，看见赵藜郇还坐在他的床前。赵藜郇问他："想不想吃西瓜?"袁枚说："想吃想吃。"袁太夫人又赶紧派人去买来一个大西瓜。袁枚看到西瓜，犹如看到山珍海味一般，立即大口大口吃起来。袁太夫人担心吃多了对袁枚的病不好，就要阻止袁枚。赵藜郇在旁说："没事没事，尽管吃，想吃多少吃多少。"于是袁枚放开量，大口大口吃了整整一个西瓜，感觉犹如醍醐灌顶，不再眩晕，眼睛也不模糊了。赵藜郇随即起身告辞，临别叮嘱袁枚晚上吃点稀粥就可以，自己第二天再来看他。

第二天，赵藜郇再到随园拜访袁枚。袁枚一副精神抖擞的样子，直夸其技神乎。颇知医理的袁枚不禁纳闷："为什么吕医生的药吃了那么大反应，你开的是什么方子呢?"赵藜郇娓娓道来："你所患的是阳明经疟，但是吕医生误诊为太阳经证。进升麻羌活汤，的确可以清热解毒，但是升举阳气，致使你气血逆流。而我用的是白虎汤，治疗里热实证，解热退烧。"

此后，袁枚和赵藜郇经常往来，诗文唱和。不久，赵藜郇便要离开南京返回南丰故里。袁枚为其饯行，并有送行诗相赠，其中两句："活我自知缘有旧，君离转恐病难消。"诗浅近直白，但抒写了袁枚感恩感激的真性情。赵藜郇也有两句诗回赠："同试明光人有几？一时公干鬓先斑。"赵藜郇感叹科举考试考中进士有几人呢？考中之后宦海沉浮，人未老，鬓先斑，可见他淡泊功名的格局境界。

医学道阻但求真

乾隆三十七年（1772），四库全书编修正式启动。3 年后，55 岁的国子监生黄宫绣进献其父黄为鹗所著的儒书《理解体要》和自己所著医书《医学求真录》(即《脉理求真》)，后两书都被选入四库馆，一时传为佳话。

黄宫绣（1720—1817），字锦芳，江西省宜黄县棠阴人，江西古代十大名医之一。黄宫绣是盱江医学流派又一位儒医典范，一生都在医学道路上“求真”，著有《本草求真》《医学求真录》《锦芳医案》。黄宫绣出身书香门第，其父黄为鹗虽然只是县学生员（俗称秀才），但是潜心理学，毕生心得体悟尽在《理解体要》。出生于这样的儒学世家，黄宫绣当然是要习举子业，攻读儒书。黄宫绣刻苦攻读，学养深厚，学识渊博，为国子监监生。然而由于父亲体弱多病，黄宫绣便有了弃儒习医，“上以疗君亲之疾”，以尽孝道的念头。黄宫绣把自己的想法与父亲商量，父亲起初不允。黄宫绣对父亲说：“人生在世，上不能辅佐朝廷建功立业，下亦当扶危济困。而医道是唯一能实现这一志向的。然而如果医术不高，不但不能救人，反而会害人。我有志于此，愿意数十年如一日精研覃思，以成其道。”父亲被他矢志不渝的精神打动，便默许了。黄宫绣学医讲求博极医源，深究医理，对名家医籍无不博考会通，博采众长，推陈出新。他治学严谨，务求实际，平生为众多病人治疗疑难病症，均卓有成效。他既不泥古薄今，也不厚今废古，唯求理与病符，药与病对。虽精研脉学，仍主张四诊合参，反对单凭脉断病。

在临症问病之余，黄宫绣勤于著述，共有 3 部主要医籍传世。他的第一部医籍，即《本草求真》，成书于乾隆三十四年（1769）。黄宫绣开创性地采用药物品性分类法，将药物分为补、涩、散、泻、血、杂、食物7类，各类又分为若干子目。如补剂中又分为温中、平补、补火、滋水、温肾等；泻剂又分为渗湿、泻湿、泻水、降痰、泻热、泻火、下气、平泻等。于每味药下面注明该药的部属和卷首目录序号，可谓是本草著作中有进步意义的索引形式，不仅便于查阅，而且有助于学者辨析药物的异同，指导临床用药组方。如“山药和白术虽同属补剂，但山药为平补，白术为温中，临床运用，自当有别。”前文提及的《医学求真录》，成书于乾隆四十年（1775），此书嘉庆五年（1800）重刻时改名为《脉理求真》。黄宫绣详细介绍了脉诊部位和各种脉象的主病，并论证了各家的论说。黄宫绣认为正确鉴别各种脉象是诊断疾病的关键，因此结合自己的经验，对各种脉象进行归类，然后再分辨同类差异，这样便于初学者掌握。他的《锦芳医案》的全名叫《锦芳太史医案求真初编》。此书初稿写成于嘉庆四年（1799），共收录黄宫绣治验医案600余则，黄宫绣不仅自撰序言，还请新城县人何致培作序。但不知何故，当时并未刊刻，而是交托给子辈。8年后，87岁高龄的黄宫绣寓居抚州城行医，目睹当时抚州一些庸医“脏体不分，真伪不辨，兼症不考，深可痛恨”。于是命其子黄省吾从《锦芳医案》初稿中选出四分之一，编为初集刊刻，“以救近地时医固执之偏”。原本计划以后再刻二集、三集，后不知为何没有实施，所以目前传世的《锦芳医案》仅为其初稿的四分之一。

黄宫绣医学贡献巨大，也得到了广泛的认可。嘉庆九年（1804），皇帝恩赐他举人身份，第二年又恩赐他翰林院检讨之职，算是弥补了他在科举仕途上的缺憾。

武举之家名医多

临川区唱凯镇白水许家历史上曾经是个尚武家族，多位先祖武举出身，如：许大鹏，乾隆四十五年（1780）中武举；其弟许大鹍，嘉庆十二年（1807）中武举。这还不算，许嘉爵、许嘉麟、许嘉升、许嘉翔、许嘉佐五兄弟在咸丰九年（1859）、同治元年（1862）、同治三年（1864）、同治六年（1867）连续四科乡试武举中举，被赠以“燕桂齐芳”匾额。该族还有不少虽然没有科举功名，但习武尚武之人。尚武家族往往多医家，甚至不少习武之人就通医，几乎同时期，白水许家也出了6位医家，其中许后雕的习医经历最神奇。

许后雕，字冬禧，后号松岩，是五位武举兄弟中许嘉翔之子。许嘉翔中武举时，许后雕刚五岁。然而五年后，许嘉翔英年早逝。幼年丧父，许后雕由母亲一手拉扯长大。母亲希望他走科举之路，延师课业甚严。许后雕天资聪颖，日诵百言，深得塾师器重，被寄予厚望。然而就在此时，小自己八岁的弟弟突然染病夭折，母亲深受打击，仿佛一夜之间老了许多。许后雕知道该是自己接过家庭重担的时候，于是只能无奈地放弃科举梦，转身操持家中产业。许后雕似乎继承了武学之家的基因，平生心术慈慧，慷慨任侠，锄强扶弱，渐渐在乡里积攒了不少声誉。这天，许后雕家的长工王孔发一天到晚都精神萎靡、欲哭无泪的样子，许后雕就关切地询问发生了什么事。原来王孔发从小父母双亡，是哥哥把他抚养成人，为他娶妻成家。可是哥哥在7年前突然身患重病，从此卧床不起。为了给哥哥治病，家里能卖的都卖光了，哥哥的病却仍不见好转。王孔发便跟妻子商量，要把妻子卖掉换钱给哥哥治病。结果妻子死活不答应，急得王孔发只知道哭。许后雕听闻后，当即拿出几十两银子给王孔发，让他先拿去给哥哥治病，解燃眉之急，等以后有钱再还，妻子就不要卖了。后来，王孔发哥哥的病竟然奇迹般好了。又有同乡张发喜因病致贫，负债如麻，欠许后雕的钱最多。每天都有债主上门讨债，张发喜走投无路，哀求妻子要卖妻还债。可是妻子宁死不从，说再逼迫就死了拉倒。许后雕听说后亲自到张发喜家，告诉他欠自己的债可以宽限，等有钱的时候再还，其他债主的债由自己担保延期三五年不等。张发喜家后来竟然步入小康，对许后雕感激不尽。或许是目睹了太多乡人因病致贫、庸医误人的现实，许后雕五十岁时竟然开始究心医学，勤奋苦读了七八年，后行医乡里，造福乡邻。

许后雕还有两位堂弟也行医。许绳祖，号小园，别号蹇翁山人，业儒，工诗文，著有《花茵草堂诗钞》、《花茵草堂文钞》、《南阳遗书》各2卷，《本草摄要》、《妇科准绳》、《幼科准绳》、《猝病金针》、《痼疾宝鉴》、《妇孺指南》各1卷。许乃梅，号味美，光绪八年科（1882）武举，诰授武德骑尉。平生喜好医和棋。曾抄方论10余卷随身携带，一有闲暇就拿出来苦读。

白水许氏行医的历史最早可以追溯到许后雕的高祖许凤。许凤，字保章，邑庠生，乡试落第后，精究岐黄之术，行医乡里。凡贫困患者，不但不收资费，反而赠药救治，声名远播。其子许大鹏、许大鹍均为武举。幼子许大鹍，字益周，号凌霄，嘉庆十二年（1807），44岁中武举，第二年赴京会试落第后继承家学，以岐黄为业，求治者踵门。

貌丑医技赛神仙

清朝乾隆年间，建昌府南城县岳口湫牛出了一位用针如神、远近闻名的民间针灸师。不少服药无效的疑难杂症到了他这里，只用几根银针一“刺”就好，这人就是被人们尊称为“赛神仙”的邓生。或许是因为医术高明，人们记住了他的绰号“赛神仙”，却把他的本名给忘记了。

邓生祖上世代为农，但是他却不甘寂寞。湫牛地处盱江之滨，来往船只频繁，邓生从小就向往外面的世界，总想着外出云游去。一天，邓生没有跟家里人打招呼，便搭上一条路过的商船顺流而下，去看世界去了。他走遍了湖南、湖北、四川一带，最后在四川峨眉山遇见一位精通医道的高僧。邓生对高僧佩服得五体投地，苦苦哀求要拜高僧为师。高僧看他一片诚恳，便答应了他。从此邓生跟着高僧潜心钻研医术，几年下来，他便通晓医理，尤其精通针灸之术。学成后，邓生就回到了他阔别已久的家乡湫牛。可是，由于他长相难看，达官贵人、豪门富户都不愿找他看病。于是邓生常年走村串户，专给穷苦百姓诊病施药，解除病痛。邓生游遍四乡，阅历越来越广，医术越来越精。凡经他医治的病人无一不见好转。

一天，一条官船沿着盱江逆流而上。船舱里躺着一个后生，那后生肚子大得像盖了一个簸箕，双脚肿得像芒槌，一个老汉和一个年轻女子守候在后生身旁，离后生不远处还停放着一副新漆的棺木。船行至邓生的家乡湫牛时，守候在公子身旁的老汉连忙命人将船靠岸，叮嘱大家在船上休息，他自己则匆匆上岸去了。原来，这后生姓周，祖籍建昌府南城县，是一位官老爷的公子。两年前，其父去湖南浏阳上任，他也跟随前往，不幸在那里沾上了“膨肿”病。由于四处求医无效，身体越来越虚弱。他父亲料他命难长久，于是命人备了一副棺木与公子同船运回老家，并委托老亲家和儿媳随船护送。途中，公子的丈人听说洑牛有个邓生善医各种疑难杂症，于是，船一行至洑牛，便命人将船停靠在岸边，要上岸去寻邓生。不一会，邓生随老汉来到船上，周公子的家人见邓生相貌难看、举止粗俗，不仅不让邓生进舱，反而揶揄他。周公子费力地抬起头来对家人说："我都病成这个样子了，还挑什么医生啊?"这样家人才把邓生领进了船舱。邓生一番诊察后，指着船舱里的棺木笑着说："哪里需要这种东西!"然后凝神站立，背了几句针灸歌诀，就开始扎针。他先用银针刺公子脚上的穴位，只见针一拔，脚上的水溅到舱壁上像下雨一样。一餐饭的工夫，两只脚的肿全消了。接着，邓生又往公子肚子上扎针，也是针到病除。周公子急切地想从床上起身给邓生致谢，邓生连忙劝阻说："公子不可太急，你病了这么久，营卫失调，筋脉僵硬，应卧床静静休养，方能慢慢痊愈。否则，病将复发。"周公子按照他说的方法调养，果然很快痊愈。家中人见了，都十分佩服邓生的针灸技术，夸奖他比神仙还要高明。

智拜名师成名医

杨居耀，字穆如，号虚中，清代新城县日峰山下人。杨居耀从小聪慧过人，尽管家境贫寒，但是父母还是希望他能考科举，得功名，光宗耀祖，所以在他很小的时候便送他上私塾。只是天有不测风云，就在杨居耀 12 岁那年，新城发生一场瘟疫，父亲便在这场瘟疫中撒手人寰。家中顶梁柱倒了，原本就贫困的家庭更是雪上加霜。无奈之下，母亲要杨居耀去学门手艺，好养家糊口。杨居耀心想：要不是这该死的瘟疫，我们家这日子也不会过得这般苦楚。于是他回禀母亲，别的什么手艺都不想学，只想学医，将来为老百姓消灾除病。母亲自然是答应了他。

学医当然先要找个医生师傅，自古师傅选徒弟的多，徒弟挑师傅的少，可是这杨居耀偏偏是个挑师傅的主。周边十里八乡的医生，他一个都看不上。这一天，也不知道杨居耀从哪里打听到这样一个消息：离县城 70 里外的会仙峰上有个王半仙，医术高明，能起死回生。他终日潜居在白石洞内，炼丹采药，没人求医，便不下山。王半仙尽管有本事，但他不愿意收授门徒。原因是诸多的求师者中，难得几人被他看中。杨居耀兴奋了一晚上，母亲连夜给他收拾了几件破衣服。第二天一大早，杨居耀就拜辞老母，只身上会仙峰顶寻师学艺去了。

经过一番艰难的攀爬，杨居耀登上山顶，来到一个白石洞前。书童问明来意，便引他进见。杨居耀进得洞来抬头一看，只见石鼓凳上坐着一个白须、白眉、白头发的老人。老人知道有人进来，也不睁开眼睛，依然闭目养神，仿佛什么也没发生。杨居耀心下暗想：这莫不便是“尊师”？他大步上前，纳头便拜，口称：“弟子远道而来，求师父收下做个徒弟，将来好为世人祛疾除病，解难消灾。”此人果然就是王半仙，只见他微微张开双眼，朝下一看，见杨居耀敦厚壮实，举止文雅，颇有礼貌，心下自是几分满意。于是开口道：“要我收你为徒倒也不难，你能把我和石凳一起搬到洞外么?”杨居耀举目一看，只见那石鼓凳和洞门外的那个石鼓凳一模一样，高约四尺，周围若三尺许。连人带石至少也有五六百斤。别说搬，只怕挪动一下也要费九牛二虎之力，这不是存心为难我吗?于是眼珠子一转计上心来，说：“这倒不难。不过就怕外人见了，误以为我把师父赶出洞门，不好担待。依我看，不如师父先坐到洞口外边的石鼓凳上，让弟子从洞外搬到里边来。”王半仙觉得在理，便依了他。起身来到洞外，正往石鼓凳上就座，那杨居耀便连忙双膝跪下说：“我已将师父搬出洞外了。”王半仙心下一怔，才明白过来，心里对杨居耀的应变能力有几分满意。这时恰好见一对梅花鹿从陡壁上直奔过来，在白石洞前相互角斗，越斗越狠，难解难分。王半仙对杨居耀说：“年轻人，你去做个和劝，把这畜生拉了开来。”杨居耀知道师父又在试他，便双手捂住嘴巴学老虎叫，顿时空谷回声，威势慑人。梅花鹿一听，以为真是老虎来了，慌忙分头逃窜。王半仙看到杨居耀心计颇多，定然聪明，便下得座来，拍着杨居耀的肩头说：“年轻人，我答应收下你这个徒弟了。”杨居耀谢过师父，从此就在这白石洞跟着王半仙学医，没想到一学便是3年。这期间，杨居耀一边跟着师傅学，一边精研《黄帝内经》，不仅把王半仙的医术全学到了手，而且青出于蓝而胜于蓝。由于医术高明，药到病除，杨居耀很快名声大振，前来求治者踵门。但是杨居耀从来不计较报酬，面对没钱买药的病人，不仅不收诊金，还经常免费赠药。行医之余，杨居耀注重把心得和经验记下来，著为方书，人称“杨氏家藏”。

后来杨居耀的母亲患疟疾，急需鲢鱼入药，可是隆冬时节，这救人如救火的当口却偏偏一条鲢鱼都找不到，结果母亲不幸离世。为此杨居耀伤心不已，立下重誓此生再也不吃鱼了。

治病但以花木酬

杨居义，字和仲，新城县城人。杨居义从小就学医，生性慷慨好义，曾经游历江湖，遇见一个身怀绝技的和尚。和尚与他性情相投，将自己的医书送给了他，于是他的医术更加精进，被人称为“神医”。杨居义特别喜好花木，凡找他看病的穷人，没钱付给他诊金，只要给他送几盆花木，他便喜上眉梢、心满意足了。

一天，新城县城一名产妇因为难产而“死”，“尸体”已经被抬到大厅，家人们忙着准备办丧事。杨居义碰巧在场，他以职业的敏感性，发现“尸身”还有血在往外流。杨居义赶忙制止围着“尸体”哭得死去活来的家属说：“还有救，还有救。”家属似信非信，但听他说得很坚定，还是准许他试试。他让周围的人退下，不要哭泣和喧哗。杨居义用针刺产妇心窝，不久婴儿娩出，哭声大作，产妇也慢慢苏醒过来。一时间，大家都围拢过来询问产妇死而复生的道理。杨居义说：“产妇流的血还是鲜红的，所以知道她并没有死。导致她‘死’的原因是婴儿在腹中抓住了母亲的心，以致生不下来晕厥假死。针刺下去婴儿感觉到痛就松了手，于是婴儿得以顺利娩出，而产妇也就得到了保全。”众人一听直夸神医，而产妇家属更是千恩万谢。

又有一个富人家的儿子得了狂躁病，到处求医问药没有效果，最后找到杨居义出诊。杨居义说：“你能完全听我的，我就能治好你儿子；如果做不到完全听我的，那就没得治。”富人说：“只要能治好我儿子，一切都听先生的。”于是，杨居义让家长把孩子抱到诊室，脱去他身上厚厚的衣服，告诫富人夫妻不得观看。然后命人在另一间房子挖了一个大坑，将孩子放到坑里。孩子趴在坑里的湿土上竟然慢慢睡着了。不久，小孩的病就好了。富人夫妻惊喜不已，好奇地询问缘由。杨居义说，你儿子本来就是热证，你们偏偏要紧闭门窗，给他穿厚厚的衣服，这让他更不舒服，于是狂躁不安，如火上浇油一般。我把他放在土坑里，不过是抑制他的亢阳而已，哪有什么神奇之处？旁观的人无不叹服。

一日，有患者得了蛊疾，腹部肿大如牛腹。杨居义让人找来许多水蛭放在患者腹部吸去毒水，病很快就好了。又有一次，杨居义看见一家剃头店里一个顾客脖颈上生了一个红色的瘤子，于是拉住剃头师傅悄悄说，这个人三日之内必出血而死，你千万要注意不要弄破他的瘤子。后来这个人果然三日之内自己抓破了瘤子，血四射而死。剃头师傅暗暗称奇，找到杨居义打探自己的寿命有多长。杨居义说，你恐怕也活不过今年腊月底了，该安排的后事都提前安排好吧。果然，到了十二月剃头师傅也没了。人家问杨居义怎么这样能掐会算，杨居义说，多读书而已。

儒学教谕精医道

他出生于儒学世家，身任教职，以骨肉多变，绝意功名，但却精于医学，以玩票身份济世救人，留下一段鲜为人知的故事。他便是明末清初金溪乡贤王佐兴。

王佐兴（1625—1698），字宸佑，号遁庵，金溪县城西门人。西门明谷王氏乃王安石之弟王安国后裔，儒学世家，代有才人出。历史上曾出过五位进士：王彰、王方、王懋德、王民顺、王有年。其中，明代隆庆五年（1571）进士王懋德，便是王佐兴伯祖父。而王佐兴的祖父王懋显为南京国子监监生，父亲王国禧曾中副榜举人。王国禧后以廷试授选瑞金儒学教谕，因为没考中进士，郁郁寡欢，勉强接受这份教职。临去瑞金赴任前，王国禧勉励王佐兴说："予志未遂，尔当奋发以成吾志。"然而谁也未曾想到，这竟然是父子最后的诀别，不久父亲便客死异乡旅舍。这或许也是后来王佐兴饱读诗书之余，苦读医学典籍的原因吧。

出生于这样的儒学世家，王佐兴的人生当然以考取科举功名为第一要务，而家族对王佐兴也寄予厚望。9 岁时，王佐兴便跟随祖父王懋显游学金陵，启蒙课程全部由祖父亲自教授。20 岁时，王佐兴县试拔得第一，即补弟子员，迈入科举门槛。然而，时逢明末清初兵火连天，明谷王氏祖居被荡为平地，一个大家族竟然几无立锥之地。王佐兴只得忙于生计，构建新居，根本无暇好好读书应考了。所以，王佐兴直到康熙十一年（1672）才勉强考中了个举人，跟他父亲一样，被授予一席教职，任五云县教谕。五云也是刚从战乱中缓过劲来，百废待兴。为了把五云教育搞上去，王佐兴非常敬业，每月一小考，每年一大考，要求严苛，尤其注重砥砺秀才们的志节。五云学风为之大变，人人以入王佐兴门下为荣，个个勤奋好学。王佐兴在五云教谕任上一干就是十五六年。康熙二十六年（1687），五云知县空缺，王佐兴暂代知县3个月，陋习俗规一概废除；词讼官司多以劝谕解纷，不待判结，双方就已经谈拢和解，代理知县赢得五云上下交口称赞。就在这时，家里却连续出现变故。先是继母黄氏因病去世，其后三子从金溪老家千里迢迢来五云看望他，却不幸在路上溺水而亡。王佐兴痛心不已，顿感人生无常，再也无意仕途，要辞官归里。尽管五云士绅、同僚苦苦挽留，但王佐兴决绝而去。

回到故里金溪后，王佐兴闭门读书，手不释卷，与二三志同道合的好友畅叙古今，谈文论诗。王佐兴精通医学，对于医学源流，莫不穷原竟委。因此，闲暇时他便给朋友邻里看看病，开始是帮忙性质，后来治愈者越来越多，一些疑难杂症、数十年沉疴在他手里迎刃而解。于是，他的名声越来越大，登门求治者越来越多。但王佐兴恪守初心，从不问病者要诊金报酬。偶尔有家里太穷，没钱请医买药的患者，王佐兴不但免费上门治疗，赠予医药费，还捐钱慰问。王佐兴每年还亲手制作一些保健除病、提高免疫力的药丸，广施布与，帮助老百姓消灾祛病。乡邻里巷无不对他感激不尽。

妙手仁心济世志

道光十一年（1831），地处赣东的抚州府金溪县发生大饥荒。常言道：“大灾之后有大疫。”果然，金溪很快就瘟疫大作，官府遍请名医，可是收效甚微，病人久治不愈，死亡人数不断增加。于是，有地方乡绅向官府建言，在本县浒湾（旧名许湾）悬壶济世的南城人谢星焕，乃世医、儒医，颇有声望，救治患者无数，可请他出来一试。恰在此时，在浒湾行医的谢星焕也心急如焚，很想略尽自己的绵薄之力。就这样，刚年届不惑的谢星焕被寄予厚望，肩负着消灭瘟疫，保护全县老百姓生命健康的重托。

谢星焕，字斗文，号映庐，南城县万坊庙前村人。乾隆五十六年（1791），谢星焕出生于南城县一个医学世家。祖父谢士骏、父亲谢职夫都以医为业，并且算是乡间名医。但是与一般的医生不同，谢氏特别注重儒学，且崇尚占卜、数术。谢士骏弃儒从医，兼通数术，著有《医学数学说》；谢职夫则善占卜，著有《医卜同源论》。谢星焕自幼读书，颖悟异常，但因家道中落，弃儒攻医。于是苦读《黄帝内经》《伤寒论》等医家著作，打下了扎实的理论根基。谢星焕推崇张仲景，又旁通金元四大家与喻嘉言、薛雪等名家。但是其所学博而不乱，一切最终融会贯通于《黄帝内经》的经旨。谢星焕临证处治，则善于探求病机，找出切合治疗原则的理论根据，立方用药，往往一击而中。他的座右铭是：“下笔虽完宜复想，用心已到莫多疑。”足见他熟虑深思，胆大心细。每遇危重疑难病证，谢星焕总能镇定自若，毫不恐惧，当机立断，往往药到病除，化险为夷。于是每天登门求治者络绎不绝，每治之则奏奇效。

得到官府的邀请后，谢星焕仔细察看患者的症状、体征，再了解先前医生的治法。先前诸医都以发表攻里为要，即通过解表发汗，开泄腠理，逐邪外出；或用泻下药物通导大便，消除积滞，荡涤实热，攻逐水饮。谢星焕直摇头，他认为“荒年肠胃气虚，岂可一味攻伐，宜于温补托邪”。一语惊醒梦中人，诸医无不叹服。找准症结所在，治疗不过是水到渠成。开方施药，患者慢慢症状改善，直至安然无恙。在谢星焕的不懈努力下，金溪县这波瘟疫总算是得到了平息。经此一疫，谢星焕声名大噪，连时任金溪知县胡钊都对他推崇备至，此后多次找谢星焕诊治，对其医术、医德赞不绝口。临离任之际，胡钊还为其医馆赞育堂手书“妙手仁心”匾额。

谢星焕也的确当得起这四字赞誉。他非常注重医德修养，对因疾求诊者，不论路途远近或刮风下雨、酷暑寒冬，从不推辞，立即应诊。对无钱看病、买药的贫苦患者，谢星焕从不计较酬金，且以药资助。谢氏在浒湾兼营药铺，店铺后设有制药作坊。每年从端午至重阳，谢氏都要自制时令成药“金不换正气丸”布施于人，受益者不计其数。金溪浒湾本地进士许廷桂称赞他“以医名世，实则以医济世”。

谢星焕曾将其平日的临床治验辑成一部医案，名曰《得心集》，盖取“得之于心，应之于手”之意。谢星焕原本打算将祖父谢士骏的《医学数学说》、父亲谢职夫的《医卜同源论》与自己的《得心集》一并刊刻，合称“医学三世录”。然而，人算不如天算，咸丰七年（1857），因迭遭兵燹，谢氏回到故里，《医学数学说》和《医卜同源论》先后散失殆尽，就连他自己的《得心集》也仅残存一半。不久，谢星焕忧愤辞世。咸丰十一年（1861），也即谢星焕去世后的第四个年头，其三子谢甘澍将其手稿进行整理，并附入谢甘澍自己的治验数十则，仍名《得心集》。包括浒湾士人领袖赵承恩，举人姜演、黄春魁等在内的不少文人都欣然作序。谢星焕能得到诸多文人士子的推重，就在于他医德高尚，惠泽地方。

浒湾药铺活菩萨

做了京官的儿子不远千里告假荣归故里，要给年迈的老父亲办一场风风光光的生日寿宴，可是老父亲却不领情，不答应，儿子也不肯放弃，双方僵持不下。最后，老父亲动用地方士绅领袖、儿子的授业恩师出面，才取消了这场寿宴。这场寿宴的取消，不仅没有丢了面子，反而让这对父子乃至整个家族赢得了更多的赞许。这对父子就是清末盱江医家谢星焕的弟弟谢拱宸和他的长子谢甘棠。

谢星焕原本兄弟三人。三弟谢启明从小跟在谢星焕身边学医，脑瓜子灵光，加上勤奋好学，经常挑灯彻晓。谢星焕看在眼里，非常疼爱，对其寄予厚望。可不曾想，谢启明竟然因劳致疾，英年早逝。为此，谢星焕悲痛不已，哀叹老天要断绝他谢氏医脉。而其二弟谢拱宸则主要是学习制药技术，精于雷公炮制法。谢氏浒湾的药铺主要由他经营，与兄长谢星焕的赞育堂一医一药，相得益彰。每天店门一开，迎来送往，三教九流什么人都有。而进药店的，多数都是穷人，或本身就穷，或因病致贫。每每碰到没钱抓药的，谢拱宸往往都会赠药相助。每年从端午到重阳，谢拱宸跟哥哥谢星焕一起熬制金不换正气丸，布施于人。久而久之，浒湾人都把谢拱宸视为盛德长者，私下称作活菩萨，但凡有什么困难或纠纷，都爱找谢拱宸。浒湾当地文坛领袖赵承恩，体质比较差，经常气虚，有时候气短到发不出声，长期都是谢星焕负责诊治，而抓药则到谢拱宸的药铺。补中益气，人参无疑是上品，可是人参挺贵的，就算赵承恩这样的殷实之家，也未必长期吃得起。谢拱宸清楚赵承恩的这个病，对赵承恩的学识、人品也非常敬重，于是每次就象征性收点钱，赵承恩对此感激不尽。后来谢拱宸把长

誥封中憲大夫謝君拱宸壽序

予門下士兵部職方司謝子憩亭歸自京師將謀所以壽尊人者其尊人拱宸先生性故謹約不欲効世俗稱觴製錦事峻卻不允顧願得予一言為慰予惟拱宸先生少習尊人業精雷公炮製法列肆滸灣市遇貧乏人力不能貸藥者悉與之不求值人咸稱為盛德長者而先生略無德色素閒靜家居寡言笑事伯兄暎廬先生禮獨謹遇諸昆弟暨諸猶子俱厚愛無間油油然無不樂與偕處內外翕如也而訓子倍嚴

紅杏山房文稿 卷二

長嗣君憩亭年幾十齡率就門下常館居數月未嘗一歸其歸齎伙束修之供積歲取辦無少缺予素體弱善病氣短至不能聲先生出參苓療予病不惜貲予為感之迺憩亭益嚴而憩亭體先生意益勤飭逾常先生督憩亭與所以厚待予者亦愈有加無已時以故兩家過從之密數十年相得甚歡也先生家不印貲好施與有友人某父子相繼亡孤孫零立無撫

◎赵承恩《红杏山房文稿》卷二中的“诰封中宪大夫谢君拱宸寿序”

子谢甘棠放到赵承恩门下读书，赵承恩便用加倍严管来报答谢拱宸的恩情。当时谢拱宸还有一位朋友，父子俩不幸先后辞世，留下一个孤苦无依、尚未成年的孙子没人照看。谢拱宸出钱出力，抚养其长大成人，供他读书，就像抚养自己的儿子一样。至于热心乡里公益事业、接济周邻，更是家常便饭，举不胜举。

谢拱宸非常注重子孙教育。长子谢甘棠，不到 10 岁便被送往赵承恩的塾馆寄宿，几个月才能回家一次。谢甘棠后来中了举人，官至兵部主事。也就是在任兵部主事时，谢甘棠告假回到浒湾想给老父亲办个风风光光的生日，没想到却遭到了老爷子的反对。可是谢甘棠一片孝心，执意坚持。无奈之下，谢拱宸竟然找到谢甘棠的恩师赵承恩出来劝说，这才作罢。谢甘棠的儿子谢佩玉也继承家学，后来成为一代名医。谢拱宸次子谢甘盘，光绪十八年（1892）中进士，官授吏部主事。谢甘盘在京城任职多年，面对朝廷的日益腐败，心灰意冷，遂辞职回到浒湾，此后热心公益，为家乡做了很多好事，比如带头捐钱组织育婴局，提倡禁止溺婴，收养了大量被抛弃的女婴，在她们长大后还接济她们成家。

医宗嘉言阐奥义

谢甘澍，字杏园，号遁园，一代名医谢星焕第三子，传谢星焕衣钵，得谢氏医术精髓。据载，曾国藩坐镇抚州对阵太平天国时，曾奉谢甘澍为座上宾。《寓意草》本是清初新建名医喻昌所著，为世所重，谢氏对喻昌也视为圭臬。但是，谢甘澍却发现当时讲论《寓意草》的虽然很多，真正能窥其堂奥，契合喻昌本意的却非常少。于是他历时3年，潜心注释，悉心阐发，同时附以其父谢星焕和自己临床运用的实践经验和心得体会，于光绪三年（1877），最终完成《寓意草注释》。这是谢氏继《得心集》后的第二部医籍。浒湾本地进士、时任云南临安知府的许廷桂，浒湾当地儒林领袖、刻书家赵承恩，时任金溪县丞钟体志，宫廷御医、金溪人黄廷元等纷纷撰写序文，点赞推崇，一时称为盛事。

许廷桂家与谢氏为世交，打小有个伤寒暑热都是在谢氏医馆看病，与谢甘澍属世交子弟，两人同受业于赵承恩门下。与许廷桂矢志于儒不同，谢甘澍有点“三心两意”，一边想学儒考科举，一边受家庭环境熏陶，有志于医，在学儒的同时，也用心于医。所以许廷桂顺风顺水，咸丰九年（1859），高中恩科乡试解元；第二年，又中进士第。看到儿时好友喜中进士，谢甘澍心中未曾熄灭的科举火焰又重新被点燃。可是自从父亲谢星焕去世后，大哥、二哥、四弟又先后辞世，家中子侄多年幼待哺，一个大家族就只留下他这一根顶梁柱，里里外外靠他张罗撑持。所以他只能白天出诊看病，为一家人赚取口粮开支；晚上月斜人散，一灯如豆，朗诵不休，为科考勤勉苦读。同治三年（1864），谢甘澍再次踌躇满志参加乡试，结果再次落第，怏怏不乐。或许此后他还参加过几次乡试，都铩羽而归。儒师

序
盱南謝氏代居滸灣其家
世寖大文章科第皆駸駸
有日起之勢而溯其先業實
以醫名世映廬先生其顯著

寓意草注釋 趙序 一

也。令子遜園頗能繼其志而
者。映廬先生著有得心集。
予既為序以文矣。今遜園又
復以所注寓意艸一書。促為發
其所以推闡是書之意。是書

寓意草注釋 趙序 二

遜園蓋悉取喻氏寓意艸全
帙為之引伸其文，旁通其義。
字解句疏以冀彰明喻氏心
法。間或踵其門類。来附其尊
甫映廬先生得心集各案。并

寓意草注釋 趙序 三

◎赵承恩为《寓意草注释》所撰序文

赵承恩也开导他，称医学乃是“救世术、活人技”。他劝解谢甘澍不必妄自菲薄，孜孜汲汲于科举功名。于是谢甘澍慢慢便绝了科举的念想，一门心思钻研岐黄之术，对医学的见解便更加融通。

光绪三年（1877）秋，或许是因为水土不服，四川人、时任金溪县丞的钟体志一家八口，病了一半多，于是便延请谢甘澍诊治，结果几剂药一服，全家转危为安。自小也曾饱读医籍的钟体志，对谢甘澍佩服得五体投地，听闻谢甘澍的医籍《寓意草注释》即将刊刻，便为其撰写序文。

三炷清香解沉疴

清朝光绪年间至民国初年，建昌府南城县有一位医术高超、名扬赣闽两省的医师，名叫黄六峰。至今，在黄六峰的家乡南城县，还流传着他点香治病的故事。

清朝光绪九年（1883）的一天，建昌知府衙门里面传出一阵阵撕心裂肺的哭声。黄六峰正好从福建建宁出诊回来，路过府衙门口，远远地看到衙门口围着很多人在议论纷纷，走近后听见衙门内传来哭声，忙上前打听里面出了什么事。衙役告诉他说："知府大人的三公子突然得急病死了。"黄六峰更觉得奇怪了，五天前自己出发去建宁还看到过三公子，从气色神情看，不至于有恶疾致死啊，于是忙问："三公子过世了多久？"衙役答："约两餐饭工夫。"黄六峰急忙向衙门里面走去。到了内宅，三公子的"尸体"已放在厅堂。与知府家人寒暄后，黄六峰走到"尸体"旁，掀开遮尸布仔细打量：只见三公子腹部隆起，面如死灰。他拱手对知府说："请问知府大人，令郎如何亡故的？"知府老泪纵横，泣不成声，回答说："午饭后不久，他突然腹部疼痛，四肢冰凉，医生还没请到，他就气绝身亡。我们也不知是何缘故。"六峰先生摸了摸三公子脉，切了切人迎、趺阳，按了按肚子，问道："令郎中午吃了什么东西？"知府回答说："香菇、明笋和鲍鱼。"黄六峰微微一笑说："大人放心，令郎尚可救治。"知府一听，又惊又喜，拱手向黄六峰说道："先生如能救活三公子，老夫永世不忘先生大恩。"黄六峰令府内家人点燃三炷线香，取出银针在三公子身上扎了六针，又从药箱内拿出一瓶药液，轻擦在三公子腹部。三炷香过后，早已"气绝"的三公子的鼻子里有了气息，脸色也从"死灰"转为"淡青"，嘴唇开始泛红。黄六峰又提笔开了四味中药。府内家人很快将药撮齐、煎好，灌入三公子口内。两个时辰后，三公子排出大量奇臭稀便，病情也好转大半；连服两帖后，病便全好了。几天后，知府带上厚礼和亲笔书写的匾额到黄六峰医馆酬谢。匾额上的题词是：“三炷清香，香过沉疴顿解；四味妙药，药到恶疾冰释。”

德医双馨育英才

李秉钧，字璧联，号圃孙，临川区秋溪镇博溪村人。李秉钧天资聪慧，自幼力学，品学兼优，经史子集，无不熟谙；少攻举业，屡试未中，于是居乡任教，终因大志难酬，遂弃儒攻医，精研岐黄，以医济世。

李秉钧治学严谨，注重理论联系实际，俎豆《内经》，弃粗取精，打下坚实的理论根基。他崇奉张仲景，辨证论治，临床敢于创新，治病多奇中。精通内妇儿科，外科亦有独到之处；擅长祛邪攻下，内外治法靡不通晓。李秉钧不唯医道专精，膏丹丸散之术亦娴熟，常自制“十枣丸”“三白散”“痞积散”“痧药”等中成药，以应急需。李秉钧行医40余载，医术高明，名噪四方，负疴求疗者日夕盈门，全活无算。

20世纪初，由任职京义院的学生、临川老乡黄彦生推介，李秉钧专程赴京城为某高官看病。此患者经京城名医久治不效，举家焦虑不安。李秉钧精心诊察，详询病史和治疗经过，于万难措手中，洞悉症结，神机妙用，投药中的，奏效霍然，病家欣喜无比，感激之至，广为称颂。李秉钧医德高尚，治病不先富贵，轻贫贱，遇贫者不收诊金，或赠以药饵。他还曾买牛痘预防疫苗，免费为家乡儿童接种。李秉钧注重中医教育，不仅招收门徒，还应聘“抚郡医学堂”任教，有学生二三十人，如王泽芳、王松生等。李秉钧执教甚严，经典著作《内经》《伤寒论》《金匮要略》《药性赋》《汤头歌诀》《濒湖脉学》《医学三字经》，都责令学生背诵。临床试诊要求学生精神专注，管教严厉。名师出高徒，严教育优才，著名中医学家李元馨、傅再希及名医黄植基，均为李秉钧得意门生。

李秉钧对药物研究颇深，读书临症之余，常带学生到野外认药、采药，并指导学生加工炮制丸散膏丹，如疳积散、十枣丸等，广施乡里。

李秉钧的学术经验十分宝贵，学生广为流传并发扬创新。《杏林医选》“傅再希医话”记载了十枣汤丸为逐水峻剂的应用，称李秉钧最擅长使用此方，他掌握得非常稳健，从未发生任何事故。傅再希经李秉钧指授后，通过数十年经验体会，更认识到他掌握的原则是十分正确的。

李秉钧是盱江医学李氏学派之鼻祖，其后，李氏医源枝繁叶茂，代有传人。其学术经验流传甚广，影响深远。

师承祖父医名扬

李元馨（1893—1984），字文炳，号大勉，抚州市临川区秋溪镇博溪村人。李元馨悬壶赣东60余载，医术高明，学验俱丰，誉驰四方，遐迩同钦。

李元馨幼年丧父。民国四年（1915），从江西省立第七中学毕业后，李元馨便跟随祖父李秉钧学医。李秉钧是当时抚州著名的中医，不但精于岐黄之术，而且经史子集、诗词歌赋，无不熟谙。李秉钧对爱孙虽爱之深，更责之严。李元馨随师3年，日夜相伴，聆听教诲，业与年进。民国七年（1918），李元馨离开故土博溪村，迁至临川县城（今抚州市区）行医，此时才20多岁。当时抚州城内高手四布，更有杨鉴尘、李行清等四大名医，号称“四大金刚”，久负盛名。医林中的不少人瞧不起这位热天穿夏布衣，下雨穿油鞋的“乡巴佬”，经常对他冷嘲热讽。李元馨的诊室一度上门求诊者寥寥无几，收入微薄，生活艰难。但李元馨毫不气馁，勤于实践，努力进取。白天坐诊看病，上户出诊，认真诊察，一丝不苟，不计较诊金多少。诊余常去药铺检阅名医处方，取彼之长，补己不足。凡自己没有治好而被其他医生治好的病，一有机会便索取其处方，反复揣摩其辨证思路和用药特色。随着时间的推移，他学验俱丰，医术大进，在治疗一些危重急症方面，匠心独具，锋芒显露。20世纪30年代，抚州城外有一豆豉店女主人王某，年龄30开外，久病屡治不效，终至昏迷不醒，肢厥脉无。家人以为死亡，搬至地面。其丈夫不忍入殓。此时，恰逢李元馨路过门前，其夫看见，急忙请进求治，寄希望于万一。只见患者僵卧濒死，但心窝尚有微热，舌质红干，脘腹实濈。询问病史，始知患者便秘多日，曾有胸脘痞闷，烦躁不安，拒进饮食。先主断定患者乃痰热结胸，心神被蒙，所以昏迷不醒，腑气不通，三焦气机窒塞，阳气内郁，故肢厥脉无。当即拟小陷胸汤加薤白、枳实、大黄、芒硝。药后泄泻，神志渐清，厥回脉复，合家欢乐，一再感谢其再生之德。于是李元馨起死回生的消息不胫而走，名声大噪。同行为之震惊，暗暗叫绝。原来瞧不起他的人，也不得不由衷叹服，刮目相看。20 世纪 30 年代，赣东瘟疫流行，李元馨用与众不同的方法，使许多危在旦夕的病人化险为夷，每获良效。他逐渐蜚声医坛，誉隆遐迩，求医者接踵而来，络绎不绝。

李元馨之所以能成为名医，这和他虚心好学、治学严谨、广搜博采有很大关系。为了打下扎实的理论基础，他潜心钻研古典医籍。每得一医书，如获一珍宝，废寝忘食，读而后快。如此数十年如一日，上至《黄帝内经》《伤寒论》《金匮要略》《神农本草经》等经典，下至金元四大家、叶天士、吴鞠通等名家著作，乃至《验方新编》之类，莫不博览精研。一生孜孜不倦，手不离卷。李元馨成名以后，对民间单方草药仍很重视。凡遇到怀有一技之长的樵夫野老、土方郎中，总是以礼相待，视为上宾，和他们交朋友，学习他们的一技之长。他在 60 余年的从医生涯中，始终是一个博学而又务实的中医临床家。抚州曾流传着这样一句话："有病不要惊，去请李元馨。"

李元馨一生俭朴淡泊，住宅不讲究陈设古玩，平时不摆弄花草鱼鸟，更不喜欢交际各界名流，对琴棋书画这样的雅好，也很少顾及，唯恐玩物丧志。"业精于勤而荒于嬉"是李元馨的座右铭。李元馨常教诲学生："医为仁术，为医必须明医理、重医德。切忌沽名钓誉、争名夺利和同行相轻，要以治病救人为务。"他对待病人，处方以切合病情为目的，能用价廉的药，决不使用贵重药。他从不利用自己的技术对病家索求，并鄙视那些为个人私欲而迎合病者心理滥用贵重药、补药的行为。无论患者职位高低，都一视同仁。20 世纪 70 年代初期，王震同志在抚州期间，因病曾服用很多中药无效，就是四五元一剂的药亦未能解除痛苦。李元馨应邀出诊，明察病机，辨证论治，开出的药方仅一角三分钱一帖。出乎意料，药后病情大减，王震同志非常高兴。此段经历至今仍被传为杏林佳话。李元馨时刻把病人的痛苦放在自己的心上，年逾古稀时，仍不管寒冬酷暑，不辞辛劳，出诊看病。他常常拖班给远道而来的农村病友看病，满足病人慕名求医的心愿。有时对经济特别困难的病人还解囊相助。晚年抱病在家，经常带病应诊，从不推辞。

鸡鸭成群囊中空

黄植基（1890—1976），抚州市临川人，出生于书香世家，父黄宅中为清末举人。黄植基自幼聪慧过人，青年时期在北京统考，取得俊士学位（高于秀才，低于举人）。后因废除科举，遂同傅再希、李元馨同投李秉钧名下学医。黄植基学成后悬壶临川、进贤等地60余载，医术精湛，医德高尚，活人无数，享誉当时。

黄植基性格仁厚，对求学者无门第之见，对求治者无贫富之分，不贪功，不恃才，远近负疴者络绎前来，欣然而去；同道持惑者争相问学，豁然释疑。黄植基曾在临川县上顿渡镇广种福药店坐堂行医，看病者踵门，排长队等候，黄植基常常连中午饭都顾不上吃。药店生意火爆，黄植基本人却生活窘困，何也？原来病愈的老百姓多送鸡送鸭表示感谢，而黄植基以“重于为人，淡于谋利”为座右铭，送来的东西一概收下，却还与相当的金钱给病人。这样就出现家里鸡鸭成群，囊中空空如洗的状况。

新中国成立后，黄植基在上顿渡中西医联合诊所工作，曾被选为人大代表，后隐居于老家河东乡笠上村（今属上顿渡镇），闲暇为乡亲看病。笠上村地处偏僻，这时却门庭若市，不但附近群众，外县如崇仁、宜黄、乐安、进贤等地病人都登门求治。这时家中又是另外一番景象，远道的患者或留吃饭或留住宿，俨然一家旅馆。因为中午赶来的要留午饭，下午赶来的要留住宿。那时交通不发达，病重的有时肩膀扛、板车送，宁静的小乡村却如赶集一般人来车往。

黄植基不但在家看病，有时遇到病重者也外出诊治。不管刮风下雨，寒冬酷暑，有求必应，即使晚年抱病依然如此。临川白家庙有位乡亲在抚州某医院住院，已被院方下达病危通知书，嘱咐回家准备后事。家人不忍，遂求治于黄老。时值八月酷暑，骄阳似火，黄植基不顾 80 高龄，拄着拐杖，由徒弟搀扶着，午饭也没有吃，步行到患者家中诊治。一剂药下去，患者立刻上吐下泻，转危为安。

黄植基曾将经验方编成歌诀，临床多验，屡试不爽。临川朱家一小孩，四岁时高热后屡发癫痫，多方求治不效，家人束手无策，爷爷奶奶哭作一团。后听人介绍找黄老求治，却不知黄老已仙逝。其徒用黄老留下的经验方剂，根据病人体质加减进退，调治 3 个月，诸症若失，至今 30 多年，未曾复发。

掷米成丹济苍生

“掷米成丹”一词，人们都很熟悉，其意是说仙人有着变化莫测的本领。“丹”是一味中成药，由多种矿物类药物熔合而成，能治病。以丹赠人，这也说明仙人有着仁爱之心。

这个故事产生于南城县麻姑山，与一位名叫麻姑的仙女有关。晋代葛洪所著《神仙传》中立《麻姑传》。《麻姑传》里说，汉孝桓帝时，神仙王远（字方平）降落于麻姑山上蔡经家，与蔡经的父母兄弟相见。他们相坐交谈了好久，就派人去请麻姑来麻姑山。麻姑到了蔡经家，全家人一齐拜见麻姑，只见麻姑是个年约十八九的漂亮女孩。但听麻姑自我介绍说三见东海变桑田，而今东海的水也只有一半，又将变成陆地了。此时，麻姑想见蔡经的妈妈和弟媳，于是发生了传中所记的掷米成丹那一幕。传中说：“姑欲见蔡经母及妇侄，时弟妇新产数十日，麻姑望见乃知之，曰：‘噫！且止勿前。’即求少许米，得米便撒之掷地，视其米，皆成真珠矣。”《麻姑山真志》：“麻姑仙人，曾掷米成丹，撒于神功泉内，变成佳酿，饮之冷比霜雪，甘比蜜甜，一盏入口，沉病即痊。”

要说这个故事，先来说说麻姑。

相传，很久很久以前，在南城县城西有一座山，逶迤数里，青山如黛，这山并不叫麻姑山，而叫丹霞山。山中有户人家生有一女，取名麻姑。据说某天麻姑把嫂嫂煮在锅里的茯苓吃得个精光。茯苓下肚后，她发觉自己身子变轻了，竟飘飘悠悠地腾空而起，飞向天空！嫂嫂回家见锅中无物，又不见麻姑，正四处寻找，忽然只见麻姑端坐七彩祥云之上，在向她招手。

麻姑的故事，千百年来一直在流传，东晋葛洪把她写进《神仙传》。唐代颜真卿又把她写进了《有唐抚州南城县麻姑山仙坛记》一文，还有更多人把她写进了寿文，也有很多画家把她绘画出来，悬挂于厅堂，还有百姓在口头上讲述着，代代相传。

有意思的是，麻姑吃下的茯苓正是一味中药。茯苓是药，它的药用有多方面。茯苓，又叫玉灵，茯菟等。茯苓味甘淡，性平，入药具有利水渗湿、益脾胃、宁心安神之功用。功效非常广泛，不分四季，将它与各种药物配伍，不管寒、温、风、湿诸疾，都能发挥其独特功效。因此古人称茯苓为"四时神药"，有提高免疫力，强身健体的功效。麻姑借助食用茯苓后的神功，升天成仙。而民间更多的是利用它来治病、健体。在古代的大量药书中都有对茯苓药用的记载，如《本经》："味甘，平。"《医学启源》："《主治秘诀》云：性温，味淡。"《雷公炮制药性解》："入肺、脾、小肠三经。"《本草经疏》："入手足少阴，手太阳，足太阴、阳明经。"《名医别录》："止消渴，好睡，大腹，淋沥，膈中痰水，水肿淋结。开胸腑，调脏气，伐肾邪，长阴，益气力，保神守中。"

麻姑在此升天，是因为她服了茯苓，可以说是药助她升天成仙。而她成仙之后，王母娘娘又教她掷米成丹之术，而此丹正是治病救人之药，麻姑用它普救天下苍生。这虽然是神话传说，但表达了人们的美好愿望与憧憬。同时，也告诉人们，医是仁者之术，是救苍生之术，这是医之精髓与要义，为医者、药者应当铭记与践行。虞集在《医说赠易晋》里说："医之为道，仁人之事也。"

麻姑因为济苍生之志与行，因此得到天下人的崇敬。人们为了纪念她，将这座丹霞山更名为麻姑山。在山上建麻姑庙，塑麻姑像，世世代代祭祀她。山上与她相关的遗迹也受到人们的保护和瞻仰。麻姑是神话中的人物，她赋予建昌药业以仙气和灵气。然而更多的是道士大德们慕名前来山中炼丹药，如葛玄、葛洪等。他们开启了建昌药业发展之路。

祖孙炼丹启先河

如果说麻姑等是传说中的人物，那么葛玄、葛洪则是首上麻姑山上采药、制药的人，是他们首开南城县药材炮制的先河，开启了建昌制药业。

葛玄为葛洪的从祖，即葛玄与葛洪的爷爷是兄弟，葛洪则属于葛玄的孙辈。葛玄（164—244），字孝先，今江苏丹阳人，道教灵宝派祖师，被尊称为葛天师、葛仙翁，又称太极仙翁，在道教流派中与张道陵、许逊、萨守坚共为四大天师。葛玄擅医道、丹术，他曾隐居南城麻姑山修行，筑坛、采药、制药、炼丹、行医、传医、传授药物炮制法，撰写有《葛氏杂方》《广陵吴普杂方》《神仙服食经》。葛玄收集、研究各种药方，为民治病，同时进行炼丹活动，开矿物入药之先河。葛洪在《抱朴子内篇》中有其炼丹的相关记载。葛洪在《神仙传》中列其传记，称他“参访异人，服饵芝术，从仙人左慈，受九丹金液仙经，玄勤奉斋科，感老君与太极真人，降于天台山，授《灵宝》等经三十六卷”。

在麻姑山，一些名称、遗址也与葛玄有关系，这也是对于他在麻姑山上炼制药的纪念。如麻姑山中有座山峰名字叫葛仙峰。据《麻姑山志》载：“葛仙峰，仙人葛元上升之所在，殿前左侧高峰是也。”葛元即葛玄。

葛玄的侄孙葛洪也在麻姑山炼丹制药。葛洪（284—364），字稚川，号抱朴子，为东晋著名炼丹家、医药学家。他博览群书，特别喜爱“神仙导养之法”，后又得到鲍玄（今山西长治人，精岐黄，兼通道术，以其术授弟子郑隐）、郑隐等人的器重，较好地掌握了炼丹之术。他说：“不得金丹，但服草木之药，及修小术者，可以延年迟死耳，不得仙也。”由此可见葛洪除了炼丹，还研究草木药物，以之治病养生，以求延年益寿。清同治《南

◎江西省级非物质遗产牌

城县志》记载："葛洪，字稚川，丹阳句容人也，自号'抱朴子'。究览典籍，尤好神仙道养之法。从祖元吴时学道得仙，号葛仙翁。以炼丹秘术授弟子郑隐。洪就隐，悉得其法。后师上党鲍元，深重洪，以女妻之。洪见天下已乱，避地南城麻姑山。有葛仙丹井相传，洪于此炼丹故名。"《麻姑山志》载，葛仙丹井在姑山上，育英堂之右侧。又据山志载：麻姑山上有炼丹室，为葛仙人修炼之所，丹井犹存。这些遗址、遗迹也为后人留下了不尽的诗材。诗人们写下了许多与之相关的诗，如北宋著名思想家、文学家李觏就写有多首相关的诗，如《葛仙坛》。诗云："仙翁犹在时，坛上何设施。仙翁一去后，离离。"李觏还有《炼丹井》诗。南宋学者吕南公《葛仙坛》："遗坛在其巅，名为仙翁留。"又如《寻炼丹井》："何年炼金丹，旧井穴田腹。飞升谁羽翼，腐尽贪人肉。幽草蘸寒泉，田禽时下浴。"再如万言策的《葛洪井》："古井斫山根，一泓浸寒泚。素练引不枯，言通沧海水。中有仙人丹，老龙吞不死。"刘泾写有《葛仙坛四首》，朱京写有《炼丹井》等等。在《晋书》卷七十二中同样记载："洪就隐学，悉得其法焉。后师事南海太守上党鲍玄。玄亦内学，逆占将来，见洪深重之，以女妻洪。洪传玄业，兼综练医术，凡所著撰，皆精核是非，而才章富赡。"两则通俗易懂的记载，基本讲清楚了葛洪炼丹制药的简要情况。

在长期的炼丹过程中，葛洪积累了丰富的提炼丹药经验。在那时，道家炼丹虽然“欲炼丹以祈遐寿”，但事实上是难于达到“遐寿”的效果。当然，丹药用于治病，能使病人的病情得到一定程度的缓解。葛洪不仅是一位化学家，还是一位医药家。他主张炼丹药以治病，而非一定要求得长生不死，所以道家要兼修医术。他认为：“古之初为道者，莫不兼修医术，以救近祸焉。”如果不学习医术，一旦“病痛及己”，便“无以攻疗”。如是，不但不能长生不老，甚至一时损命。为此，他写出了专著《肘后备急方》。《肘后备急方》是中国第一部临床急救专著，原名《肘后救卒方》，简称《肘后方》。系作者摘录原著《玉函方》(共100卷)中可供急救医疗、实用有效的单验方及简要灸法汇编而成。经梁代陶弘景（456—536）增补后，录方101首，改名《补阙肘后百一方》。陶弘景说：“著《百一方》，疏于《备急》之后，讹者正之，缺者补之，附以炮制、服食诸法，纤悉备具，仍区别内、外、他犯为三条。可不费讨寻，开卷见病，其以备急益宜。”书中增加了药的炮制之法，推了进制药业的发展。此后又经金代杨用道摘取《证类本草》中的单方作为附方，名《附广肘后方》，即现存《肘后备急方》，简称《肘后方》。“夷考古今医家之说，验其方简要易得”，《肘后方》收载了针对多种疾病，采取多种用药情况。正如杨用道在序中所说：“率多易得之药，其不获已须买之者，亦皆贱价，草石所在皆有。”葛洪的这部著作推进用方用药的大众化与平民化，对建昌地区的药业发展产生了深远的影响。

长以药石济疾苦

在我国古代有很多的官员，他们通过习儒，经科举考试，进入仕途。但是一些人在习儒的同时也习医，为官之后，业余时间还精研医药，治病救人，更有甚者研制药物免费赠施于百姓。在南宋时期，南城县麻姑山仙都观就有这么一位主管，名叫颜直之，长以药石济疾苦。

仙都观，始建于唐代。时道士邓紫阳修道于麻姑山，应唐玄宗诏入长安大同殿修炼，协助玄宗击败敌人的入侵，得到了玄宗的赏识。此后，他请求回南城麻姑山，玄宗以诗相送，诗云："太乙三门诀，元君六甲符。下传金版术，上刻玉清书。有美探真士，囊中得秘书。自知三醮后，翊我灭残胡。"回山后，邓紫阳向唐玄宗进奏，要求敕封麻姑，在山上建麻姑庙，崇祀麻姑，得到了玄宗准允，建庙崇祀。建成之后，玄宗又赐号"仙都观"，为当时全国著名的道观。

在北宋时，能设祠禄官的寺观只有十几座，仙都观是其中之一。《宋史》卷一百二十三记载："诏：'杭州洞霄宫、亳州明道宫、华州云台观、建州武夷观、台州崇道观、成都玉局观、建昌军仙都观、江州太平观、洪州玉隆观、五岳庙自今并依嵩山崇福宫，舒州灵仙观置管干或提举、提点官。'"自此始，有人提举仙都观。两宋时期提举仙都观的人很多，其中不乏名人。抗金名将李纲在靖康元年（1126）担任了仙都观的主管。文天祥中状元后被任命为仙都观的主管。此外，还有北宋教育家、思想家胡安国，南宋学者、哲学家杨简等等。而颜直之，虽未有李纲等人名气大，但也是一位受人尊敬的好主管。

颜直之，字方叔，今江苏苏州人。此人聪明异常，好读书，涉猎广泛。

◎麻姑山上的仙都观

“以弓矢应格，差监省仓”，他不想去任职，便打报告要求辞职，愿领祠禄养亲，于是主管仙都观。他自号乐闲居士，筑退静斋。他无意仕途，却有着一颗济民的心，书斋名就是他“心”的写照，求退求静，追求淡泊惬意的生活，可以打坐，焚香抚琴，还可读书。他乐善好施，尤其是喜欢研制药物送人，医治人们的病痛，史载他“婆娑其间，幅巾危坐，焚香抚琴，意泊如也。平生好施与，尤乐以药石济疾苦，赖以全活者甚众”。他还写有《疡医方论》《外科会海》《疡医本草》等书，可惜今已散佚。

对于颜直之，史书仅记下这些内容，而其他不见记。这也正说明，“尤乐以药石济疾苦，赖以全活者甚众”，仅此一仁善之举就足以让他载入史册，流芳后世。

惟真是求不计值

北宋时期，在国家政策的推动下，各地相继成立地方药局，推行国家所制定的《局方》。除开封、杭州已经有熟药所以外，各州、军也设置了熟药所。此时，离京城几千里的建昌军设立了军药局，时建昌太守丰有俊在这方面做了人量工作，成绩突出，朝臣、著名学者袁燮为此写下了《建昌军药局记》一文。

从袁燮的文章看，丰有俊是位“廉直自将，果于为善”的能吏。他在来建昌任职之前，曾在洪都（今南昌）任副职。当时南昌发生疫情，而他带领医生穿行于委巷穷阎间，“察其致病之源，授以当用之药。药又甚精，全活者众，郡人甚德之。”而他到建昌军担任的是一把手，于是他捐了三百万钱，创办军药局，由德行高尚的人来打理药局事务，收集良药，“惟真是求，不计其直”。他炮制出优质药品，且不以营利为目的，专为病人服务。怎么才算优质呢？那就是求真，要“一遵方书，不参已意”，也就是严格按照优良药方配制，不参合个人意愿，不计较成本。换句话说，只要是真正的好药，花再多的钱也是可以；要“具而后为，阙一则止”，药方所开列的药材品种要齐全、数量不能有增损、质量要有保证，缺一则止。在药效上，要立竿见影，“愈疾之效立见”。有了这样的效果，得到了病人的信赖，但不能以此谋利，“人竞趋之，而不取赢焉”。也只有这样的药才能治好病。反之，如果斤斤计较于细碎，谋求利益，药不真不精，则不能治好患者的病。

他请袁燮来写文章，把这事记下来，目的是要告诉后来者“设局不规利意”。在作者袁燮看来，地方长官的职责就是“邦有疾病，分而救之。为民而已，公家无所利焉”。而作为一地的长官，则应爱惜百姓，视民如子。他说：

“余以为视民如子，牧守职也。子疾，父母疗之。真情之发，自不容已，岂曰利之云乎哉！”同时，丰太守在建昌，不仅要救人身，还要治人心，身心兼治，才是治疗的根本，才算是把人治好了。他说：“侯之救民，不惟尔身之康，抑又康尔心焉。秉彝之懿戕于物欲，不尔鄙夷，善教而药之。所以康尔心也。身与心俱康，此所谓国其疗者耶？若夫计较纤悉，急于牟利，药不及精，与市肆所鬻无别。虽岁时民病，且莫能疗又岂能康尔心也?”这是对于为官为医的更高要求，在那个年代，具有很大的超前性，可谓是极有远见的。

丰有俊能够如此爱惜百姓，与他的家风也有关系。他曾祖父丰稷就是一位循吏。丰稷（1033—1107），字相之，谥清敏。登嘉祐四年（1059）进士，任谷城令、监察御史、国子祭酒、吏部侍郎、御史中丞、工部尚书兼侍读、礼部尚书等职，后又被贬为海州团练副使、道州别驾等职，史称他“以名德清节享誉朝野”。丰稷生3子，长子丰安常，元丰五年（1082）进士，安常生子丰谊，丰谊生有俊。丰有俊，字宅之，登绍熙元年（1190）进士，陆九渊弟子；在南昌任职时，创建东湖书院，嘉定四年（1211）落成。不久，袁燮继任知府，将建书院之事上奏朝廷，宋宁宗皇帝赵扩敕赐“东湖书院”额。丰有俊是一位“仁心恻怛”的地方长官，治一邑政绩显于一邑，在南昌兴学，康人心；在建昌兴药，康人身与心，追求灵与肉的健康。

袁燮是陆九渊的弟子，与杨简、舒璘、沈焕为友，并称“甬上四先生”。他与丰有俊同为四明（今浙江宁波）人，在南昌时极有可能还共事过。袁燮是带着崇敬之心来写这篇文章的，称赞丰有俊之贤。丰有俊在建昌一把就捐出了自己的300万钱，极慷慨，不积财产，一生清廉，以至于死后无资安葬，而是由幕僚下属筹资才得以入土为安。著名诗人刘克庄写有《梦丰宅之二首》，其中一首云：“斯人古少况于今，每恨诸贤识未深。朝给赙钱方掩骨，家无余帛可为衾。向来天子真知己，近世门生喜负心。惟有天涯华发掾，独挥衰涕望山阴。”读之让人泪洒衣衫。

这种把民众的身心健康置于自己之上的地方长官，又清廉到如此地步，不得不让人心生敬意。

人皆知命之所重

人的生命是最宝贵的，古之医家以救死扶伤为天职。早在《黄帝内经》里就指出："天覆地载，万物备悉，莫贵于人。"盱江流域的医家一再强调，生命至上。宋代陈自明在《妇人大全良方》里说："至灵者人，最重者命。"李梴在《医学入门》里也说："医司人命，非质实而无伪，性静而有恒，真知阴功之趣者，未可轻易以习医。"危亦林在《医世得效方》里说："夫病者悬命医师，方必对脉，药必疗病，譬之抽关启钥，应手而决，斯善之有善矣。"生命至上，医乃仁术，医者当怀抱仁心。龚信就曾说："今之明医，心存仁义。"也正是如此，他们对生命极端尊重，以医为终身之事业，刻苦钻研医理医术，精益求精；也正是这样，他们不断修心正心，铸造自己良好的医德医风；也正是这样，盱江流域名医辈出；也正是这样，在这里能产生建昌药帮，这里医药都能享誉海内外。

宋代陈自明就是其中的杰出代表。陈自明，字良甫，南宋临川县人。出生于医学世家，是江西历史上十大名医之一。他医学造诣高深，精通内、外、妇、儿诸科，尤其擅长妇产科，是我国医学史上杰出的妇产科医家。在嘉熙元年（1237）受聘为建康府明道书院的医谕。他著有《妇人大全良方》《外科精要》《诊脉要诀》《管见大全良方》《女科撮要》等，其中《妇人大全良方》是一部重要的妇产科著作，既是对宋及以前妇产科的全面总结，又是开启之后妇产科的新局面之作，对后世医家影响深远。

陈自明对于妇产科进行了精深研究，使自己的医技达顶尖水平。其驱动力就在他对生命的极大尊重与爱护。他在《妇人大全良方》中反复地强调妇产的重要，这至少涉及两条人命，并且往往是十分危急的事。他强调说："闻至灵者人，最重者命。""医之中唯产难为急，子母性命悬在片时。"他又说："《易》曰：天地之大德曰生。则知在天地之间以生育为本，又岂因生产而反危人之命乎？"他通过学习前代医学著作，结合自己临床经验，形成了一整套的产科理论与实践。他重视产前调养，坚持"以血为本"的原则，对于产妇的饮食宜忌、起居、劳作、情志诸多方面调养。重视催生，从古方中筛选优良催生古方，并辅以自己的临床自制验方，以应对可能出现的不测；注重催生方法，他推崇唐代杨康侯的复位外治法，对于横产、倒产、偏产和碍产均有不同的接生方法。同时，他还注重产科疾病的治疗与护理，注意谨慎用药，"自惟摄理因循，药饵差谬，致其产妇不保安全"。

陈自明是盱江流域医家的代表。盱江流域的医家在长期的实践中，坚持生命至上，练就了精湛的医术，涵养了高尚的医德，对于医生也做出了严格的要求，如龚信的《明医箴》，龚廷贤的《医家十要》《人道至要》《劝世百箴》等书中，就对医家道德做出了具体的规范要求，要求医家要有仁爱之心、高超医术、求真求实、贫富如一、贵义贱利、不炫虚名等等。这对于今天的医德医风建设仍有借鉴意义。

◎盱江上的万年桥

良医济世功同相

在南城县，自元代起就建有药王庙，药王庙里供奉的有药王孙思邈、张仲景、扁鹊、陶弘景、王叔和、华佗、仓公、岐伯、韦讯和李时珍等中国古代的药家、医家。而就在药王庙前殿栋柱上有一副对联："凡是百草皆为百药，不为良相必为良医。"对联把"药""医"嵌进去了，而后一句表达的是志气与决心。古代人们把"修身齐家治国平天下"作为人生最大抱负，并努力践行着，做"良相"与"良医"则被视为人生的最高境界。良相即贤能的宰相，一旦为相则可实现治国之理想；良医即以救治天下苍生为最高目标。

在盱江流域有很多医家，先是致力于科考，希望入仕，走成良相之路，然而又由于某种原因放弃了成相之路，改而走做良医之路。"良医济世，功同良相"，良医与良相对于社会同等的重要。早在南宋时期，南城的黎民寿（字景仁，号水月）一生好佛，人称"居士"。小时候习举子业，参加科举考试，但考了几次未能如愿。他十分感慨："既未能得志科第以光世，则医济人也，与仕而济人者同。"于是改习医，学成之后，悬壶济世，深得患者信赖。包恢在为他《简易方论序》里说："今有迂（盱，编者注）江黎民寿，字景仁，资沉敏而思精密，学有师传，意兼自得，悟法之精，蓄方之众，试之辄效，信者弥众，争造其门，或就或请，日夜不得休。"其所著《简易方论》有 11 卷，此书在当时和后世都有重要影响。陈宗礼在《简易方论序》里说："儒之真者，能以道济天下；医之良者，能以术活人，均之为仁也。"此书在出版时，多人写过序，且多肯定其为良医之精神。邓垌在序文里说："景仁不茹荤，日一叙，如苦禅得道稚子，切切然惟欲利斯世，拯生民。昔人有不为良相为良医，此而同之。”陈谦亭在序文里也说：“达则愿为良相，穷则愿为良医……极疗群生，消弭灾害，六气和而五运泰，四大安而百骸妥，民无短折，用享天季，良医之心也，穷者事也。”正是因为他怀着一颗为良医之心，并践行之，而终成一代名医。黎民寿著有《决脉精要》1卷、《注广成先生玉函经解》3卷。

如黎民寿这样立志做良医的医家，还有不少。如明代著名医家龚廷贤，他出身于世代为医的家庭。其父龚信曾供职于太医院，写有医著《古今医鉴》16卷。父亲从小就教导他“不为良相，便为良医”“良世济世，功同良相”。他从小习儒，而参加科举考试，但遗憾的是他屡试不中，于是他转而随父亲学医，并且学习得很刻苦，利用在太医院的机会，读到了大量的宫廷之外难得读到的医家著作，大大地增强了他的见识与知识。他贯通医理，并广泛运用于实践，在内科、外科、妇科及儿科都精通，特别擅长儿科，被称为“天下医之魁首”，又被称为“医林状元”。他一生著述丰富，主要有《济世全书》8卷、《万病回春》8卷、《寿世保元》10卷等等。明代南丰邓观，他本是邑庠生，多次参加科举考试而不中，最后一次是在崇祯十五年（1642）。这次考试完，感到考试不如意，又看到日薄西山的大明王朝，他无限感慨说：“文气如斯，国祚其勿永乎？”从此放弃了科举考试，转而习医，通过努力学习，而成一名医术高明的医者。

也有举进士后，从医业者，黄宫绣、谢佩贤等就是其中代表人物。黄宫绣，字锦芳，号绿圃，宜黄县人，清代著名医学家。嘉庆九年（1804）举人，次年中进士，授翰林院检讨。尽管如此，但他的突出成就在于医学。他是乾隆时期的御医，是清代著名的医学家。他悉心研究宫廷所藏医书、秘方、验方等，务求弄通弄懂，“一义未明确，一意未达，无不搜剔靡尽……断不随声附和，主张该病必先明脉理，治病必先识药性，尤应注重实践，探求真理。”在研究与临床的基础上，他写就了《脉理求真》《本草求真》《本草求真主治》《医案求真总录》等，达20卷之多。这些著述在当时和后世都产生了重要影响，今天仍是研究中医中药的重要参考书籍。

狗皮膏药本仁创

在河南安阳市有一款著名特产，叫安阳狗皮膏药，又叫姚家狗皮膏药。安阳狗皮膏药又可细分为跌打膏、固本膏、拔毒膏、暖脐膏、化毒膏和化瘀膏等多种，具有消瘀止痛、消积化块、舒筋活血、祛风散寒的作用。这款药远销东南亚、欧洲等十多个国家和地区。1996年，生产厂家被国家授予“中华老字号”企业称号。

然而，这款具有数百年历史，今天仍被广大患者使用的药品，竟出自建昌药帮人之手。此人就是明末清初南城县人姚本仁。

姚本仁，字恒中，自小就喜爱医术，刻苦钻研，医术日精。南城名医济济，于是他想到南城之外的地方去行医。相传，有一天，他在河南省的安阳县碰见一支送葬队伍，待一行人走过后，见有鲜血滴在路上，赶紧转身追上送葬的队伍，并走到灵柩边，叫住他们，要求让他看看再走。他定睛一看，果然有血从棺中滴出，便问清棺中是何人，得知是一难产妇女。他叫扛夫把灵柩放下，并说棺中之人没有死。他们停下了脚步，放下棺材并打开。姚本仁切了切“死者”的手脉，然后施之以药。不一会儿，少妇的脸色有好转，又过了一会儿，手指动了动。姚本仁果断地说，此妇活了，赶快抬回家，继续诊治。经过姚本仁的数日精心诊治、用药，少妇活过来了。一传十，十传百，十里八乡的人都知道了姚医生从棺材里把人救活了，人们都称誉他“姚神仙”。他看病常只开一味药，不多开，于是人们又称他“姚一味”。这事也传到分封于安阳的亲王赵王耳中。此时的赵王是朱常澳，封号为赵恪王。崇祯七年（1634），赵恪王闻其医术高明，招他为王府良医所医正。后来，姚本仁辞别王府，致力于研制主治跌打损伤的膏药。

他研制成的膏药主要原料有麝香、乳香、没药、血竭、当归、木瓜等 20 多种珍贵药材，采用老家南城学会的炮制方法对药材进行加工，再研制成末，调制成膏，患者只要把膏药涂或贴在痛处，就能取得疗效，故而取名“万应膏”，后来人们俗称为姚家狗皮膏药。姚本仁将此广泛应用于患者身上，一用辄验，颇有声誉。清顺治元年（1644），姚本仁被清廷招入太医院，赐为御前大夫。顺治五年（1648），姚本仁告老离别太医院，但他并没有回南城，而是定居于安阳。他在安阳开了家膏药店，铺名叫“宗黄堂”，铺前高悬“太医正传”巨匾，“宗黄”意即以岐黄为宗，岐黄是医家始祖岐伯与黄帝的合称。

姚医生享年 88 岁而逝，他的 4 个儿子继承父业。他立下规矩，传男不传女，传子不传婿，于是在姚家，只有儿孙承其业，女儿、外孙等没有人承其业。据清代修《安阳县志》载：“本仁精制‘万应膏’，名布海内。子孙守其方，至今弗绝。四方行旅过邺下，无论远近争市之，谓敷贴辄有奇验云。”四子各自开店制药售药，其中以四子舜庭的长门宗黄堂大槐树声誉最高。1949 年后，姚家公开了膏药配方与制作方法。1956 年姚家各门厂店都加入了公私合营的安阳姚家长门宗黄堂膏药厂。1967 年，姚家长门宗黄堂膏药厂改而成立国营安阳膏药厂。一直以来，姚家狗皮膏药配方精良，质地细腻，色泽黑亮，软硬适度，疗效显著。

三指何妨我独贫

在建昌药帮所经营的药行、药栈、药店里也往往有医生的身影，特别是那些从事零售药物的药店，请有专门的医生把脉开方，然后在本店购药。店内有医生坐堂，对于顾客购药提出指导性建议，他可以建议顾客购什么药、购多少，如何服用等等，大大地方便病人与顾客，也提升药店经营量，扩大了药店的名声。当时在府城南城、建昌府下辖区域内的各药店，甚至建昌府域外建昌人开办的药店都有此类情况。他们开店并礼聘建昌籍医生坐堂看病开方。如南城医药世家谢星焕后人谢庄泉老中医，在 21 世纪初开办诊所，坚守“七代单传但愿人无病，三指生涯何妨我独贫”的医道精神，为人把脉看病，开方。但他的药方不用到外面买，在他的诊所里就能买到他开的药。

谢星焕家族是著名的医药世家。谢星焕的祖父谢士骏精于医术，著有《医学数学说》。其子谢职夫承其业，著有《医卜同源论》。谢职夫承父业，从医；谢职夫子谢启明亦习医，英年早逝；谢星焕弟谢拱宸业医，亦精雷公炮制药法。谢星焕子谢甘霖、谢甘澍承其业，精于医，著有《寓意草注释》；谢星熺擅医术，有子谢甘棠、谢甘盘。谢甘盘字幼盟，进士，因三世习医，著有《医学提纲》4 卷。谢甘棠子谢佩玉（1873—1953）从叔父谢甘澍习医。谢佩玉字清舫，号石禅居士，又号右叟，光绪十九年（1893）中举，宣统元年（1909）弃官归里。民国二年（1913）至南昌行医并开康斋药店，被誉为江西中医界“四大金刚一尊佛”的“一尊佛”，精于内科和妇科，著有《方论集腋》《医论》等 15 种。谢佩玉生 9 子 2 女，五子谢庸耕为赣东十大名医之一，六子谢六韬为金溪名中医，幼子谢庄泉为南城名中医。

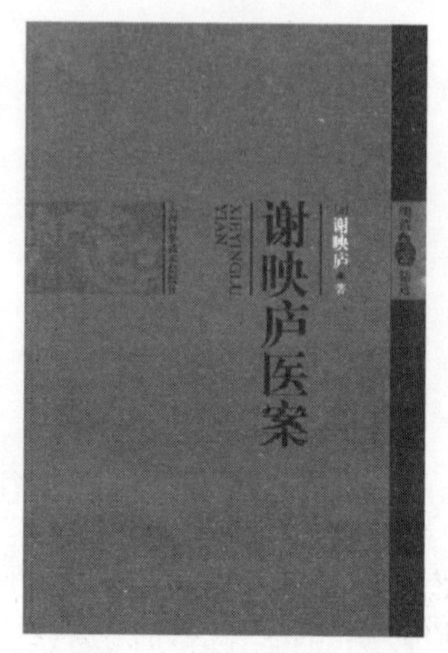

◎谢星焕《谢映庐医案》书影

谢星焕字斗文，号映庐，幼读儒家经典，后改习医，继承祖业，成一代名医。从医40余年，颇富经验，精通医术，擅治疑难杂症，临诊处治，擅探病理，推勘精细，立方治理，擅用成方，慎用自方，应手即愈。他根据自己多年积累的临床经验，编纂《得心集医案》6卷，并附其作《一得集》18篇。民国二十五年（1936），该书被收入《珍本医书集成》中，更名《谢映庐医案》。

无论是在本地，还是在外地行医卖药的建昌府从业人员，都与谢氏家族一样遵从祖训，但愿人无病，何妨我独贫。这种精神代代相传，也影响了一代又一代的医家、药家，这种精神也不断地光大了建昌药帮与盱江医学。

存心已有天知晓

◎建昌药帮获“中华老字号”称号

建昌药帮在药材的采集、加工、配制方面，不仅讲技术，更讲药德。也正是由于有了良好的药德和精良的炮制技艺，才使得建昌药品药效高，得到广大患者的信赖。他们把药德要求以多种形式呈现或传授、传承，如撰写成对联、编成口头语或顺口溜，让药工、药商谨记，日常遵守执行。

无论是在建昌区域内，还是在建昌之外，他们走到哪就把建昌人的药德和技艺带到哪，特别是在外地，也由此而获得好口碑，获得好信誉，获得大市场，使建昌药行天下，惠及天下。建昌药在我国东南地区，特别是福建地区有着广泛的影响。在这些地区有大量的药店是由建昌人开设的，里面的店员也有许许多多是建昌人。他们也多采取建昌人的经营模式，前店后坊，即门店售药，店后是作坊，加工炮制药材。

在福建建阳县（今建阳市）众多的南城籍人药店中，数天宝堂药店开业时间长，名气大。建阳县在福建北部，在武夷山南麓，是福建五个古县之一。境西的邵武、光泽与建昌府的新城、泸溪（今资溪县）接壤，与建昌府交通便利。该药店由南城县人夏连明在道光十七年（1837）开业。夏连明自 12 岁时即随家人自南城县来到建阳谋生，在建阳县城北门的药店里当学徒，得到师父的器重，在师父的支持下自己在城北开办了这家药店。药店经营逐渐扩大，发展成批零兼营的药栈。同时，药栈注重药材炮制加工，选用上好的药材，精心炮制成饮片或丸、散、膏、丹等，有名的如参茸丸、祛寒末、助脾散等，得到医家和患者的好评。药店不仅经营的药品好，他们的药德也受人称赞。药店里柱上悬挂“合药无人见，存心有天知”的对联，同时药店挂“童叟无欺”等匾，把药店经营的义务、良心、荣誉、责任等一一告知顾客，是对顾客的承诺，也是自己经营的信条与底线。在作坊中挂有“品种虽贵，必不敢省财力；炮制虽繁，必不敢省人力”对联。这些联语都是店员和药工及老板的职业操守，必须时时坚守。在制药过程中，老板还会亲临作坊或店内检查验证，使炮制出来的药享誉建阳县。夏家经四代传承，时间达 120 多年；至 1956 年，进行公私合营改造，组建建阳城关国药制药部，1962 年改为县医药公司中药饮片厂。天宝堂药店融入了改革洪流，他们的药德也一并融入其中。

游仕桢古法炮制

建昌药炮制始于麻姑山上采药、制药人葛玄、葛洪等，是他们首开建昌药材炮制的先河。建昌药帮以其药的炮制技术独特而著名，称雄药界。建昌药帮所使用的炮制技艺与众不同，即工具辅料有别、工艺取法烹饪，形色气味俱佳，毒性低药效高，因而独具特色。要使炮制有特色，首先得工具有特色，刀刨有别于其他药帮，能“见刀识帮”。刀以“刀重、把长、面阔、刃锋、多用”为特点，被药界称为“建刀”。刨为雷公刨，似木工刨刀，能将药材刨成极薄片。其他特种工具有枳壳夹、槟榔榉、泽泻笼、茯苓刀、香附铲、圆木甑、篾筛等，各得所宜，运用有别。运用独特的工具和技法，切刨的饮片具有“斜、薄、大、光”的特征。辅料使用也有特色，辅料选料遵古道地，主要有谷糠、稻草、白矾、朴硝、童便、米泔、硫黄、砂子等，制备考究；一物多用，尤其以谷糠炒炙独特，如谷糠煨制、谷糠煅制、蜜糠炒炙等，是“南糠北麸”中南方药帮的典型代表。制药如炒菜，严守净选、切制、炮炙3关，艺不厌烦。工艺取法烹饪，以火制和水火共制工艺的烹饪技术见长。“谨伺水火不失其度，炮炙精细逞其巧妙”、润药“看水头”、“冬水善，夏水恶”、“久洗无药味，久泡无药气，少泡多润莫伤水，无气无味卖药渣”等经验行话，老药师们记忆犹新。炮炙有13法，其中尤以炒、炙、煨、炆、蒸最具代表性，其中附子“糠灰火中炮炙”法，在全国药界独树一帜。建昌药帮炮制技术对于炮制出来的饮片形求美，色求艳，气求香，味求纯，毒求低，效求高。此法炮制出许多精良药品长销不衰，煨附片、姜半夏、明天麻、贺茯苓、熟地、山药片尤负盛名。建昌药帮以其精湛的炮制技艺、优质高效的饮片，数百年来博得民众的高度信赖。建昌药帮以药物炮制闻名，药界至今还有“樟树个（的）路道，建昌个（的）制炒”的说法。

建昌药师也把技艺带在身上，走到哪都能显示建昌药帮炮制技艺的独特。游仕桢（1865—1944）就是这么一位药师，他是南城县人，清末秀才，民国初迁居建阳，开人和堂药店并行医。他店里出售的药材纯净，量足味纯，从无差误。店中除出售中药材外，还有丸、散、丹、膏等成药。他店中自制的成药均由游仕桢亲自照古法炮制。他自制的中药丸，质优价实，尤以参茸丸和桂附丸为最。有人编成顺口溜：“参茸桂附好，人和堂夏天宝（另一药店）。”游仕桢为人诊脉治病细心谨慎，每诊必是望、闻、问、切四诊俱全，切脉尤其仔细，诊完开方。他治病开处方，当用什么药，必用什么药，毫不将就。纵使他的人和堂缺少这味药，亦不肯改开它味药代用，而是谆谆嘱咐病家到某一药店去买。习惯上，他开的处方自然是去他的人和堂买药，如果另到其他店去买一二味药，于他家药店经营是不利的。可游先生以治病救人为重，毫不计较个人得失。年老后，他每天拄着手杖沿街串巷出诊。民国时期，建阳永文印刷所老板蔡必如妻出天花，痘疹多日不发，换医数人，都无法治好，垂危之际，蔡必如请游仕桢诊救。游细诊其脉，投以干姜附子汤，一剂疹发，二剂疹透，起死回生。由于游仕桢诊脉细心，煎药、服药方法都能细心指导，所以疗效高，名声大，得到所有城乡民众的爱藏。

刘文江办医学校

建昌府既是建昌药帮的繁盛地，也是盱江医学的繁盛地。建昌府人对于医药发展具有丰富的情感。刘文江等南丰县人，在南昌办起了近代第一家中医专门学校。

民国十五年（1926），在神州医药总会江西分会评议会上，南丰县人曾芷青提出了办医校案，获得了与会者的一致通过，很快就想办法筹集资金，但由于资金缺口大，学校没有建起来。民国十八年（1929）二月，国民政府召开了第一届中央卫生委员会，会上余云岫等人提出废止中医之办法，以达到中医消亡之目的，最后通过了《规定旧医登记案原则》。由于中医界的强烈抗辩此案未被实施。他们感到办医校的事越来越重要，在民国二十二年（1933）二月，在南昌神州国医学会全体会议上，办医校案再度提起，决定以学会的名义创办江西国医专修院，五月成立了19人组成的校董会，杨赓笙为主席，李定魁、刘镐任名誉董事，刘文江、曾芷青、崔子刚为董事，大家推举刘文江为院长，江公铁为秘书，姚国美为教务主任，曾芷青为事务主任，杨度普为训育主任，八月底招生，共招生四届，每届学制四年，九月正式开学。民国二十五年（1936）十二月，更名为江西中医专门学校。李定魁、刘镐、曾芷青、崔子刚都是南丰县人，李定魁曾任民国江西省省长，刘镐曾任民国江西省政府秘书。

江西中医专门学校学制改为五年制，教职工24人，在校生111人。课程主要有国文、医经浅义、病理学、生理解剖、脉学大纲、药学、国术、伤寒、内经、温病、方论、诊断治疗、妇科、儿科、医学通论、医学史等。民国二十六年（1937），由于抗日战争爆发，学校停办。但学校学生无论毕业或尚未毕业，分布省内各地，都成为中医药界的骨干力量，对中医事业的发展做出重要贡献。

刘文江（1860—1941）名景韩，出生于一个书香之家。光绪二十年（1894），以县学廪生参加甲午乡试中副榜，授福建补用直隶州州判，未赴任，在广东番禺等地教馆16年，教学之余兼研习医学，历数年颇有心得，偶应朋友之邀，为人治病，随着看病的人越来越多，医术日进，朋友们力劝他弃教从医。于是在46岁时，他择居南昌，以医为业。刘文江精于妇、内、喉科，治病深受《内经》影响，又能博采众家之长，尤其对《傅青主女科》领会很深，而以妇科著称于世。他担任校长后，对学生要求严格，并亲自编写教材授课。他编《妇科讲义》，以《傅青主女科》为底本，并结合自身的临床经验，是部实用价值强的好教材。他不仅医术高明，医德也受人称赞，视贫富如一，在南昌行医期间，很多患者送他匾、幛，但他不悬挂。对于贫寒之人，也常免诊费或药费。他曾被授予国家二级嘉禾勋章（嘉禾勋章授予那些有勋劳于国家或有功绩于学问、事业的人），曾任江西省第一届省议员、中国红十字会南昌分会医院院长等职。

学校被迫解散后，刘文江携家人回南丰县，仍操医业；民国三十年（1941）正月，病逝于南丰县，享年76岁。他是江西省近代著名的医家，也是江西近代中医高等教育的实践者，创办的学校虽然历时短暂，但对于江西的中医高等教育及中医业的影响是深远的。

建昌白芍飞上天

斜、薄、光是建昌饮片的特色，尤其以“薄”著称。对于饮片厚薄规格，自古在药界有一个规定，一般来说是，材质坚实的药材切薄片，松软的切厚片，皮叶类切宽丝，全草、嫩枝切段，坚硬木质和动物骨、角切菲薄片。对于不同药材切制要求不同，有利于炮制出高效饮片，厚片易切，薄片难切，需要足够的切制工夫，而建昌药帮的饮片往往优于此。从切片的厚薄看，可分为极薄片、薄片、中厚片和厚片四种。极薄片，一般药界认为在厚度0.5mm以下即为极薄片，而建昌药帮的极薄片在0.15mm～0.3mm间，多为横切圆片，也有少数斜片。横切片又称“顶头片”，其中大的称“圆极薄片”，小的称“鱼鳞片”。而这类极薄片主要是质地坚硬、芳香浓郁药材炮制而成的饮片。这类药材多为角质类药材的根、根茎、果实等，或贵重药材，如姜半夏、延胡索、郁金、白附子、淡附片、雷丸、川乌、羚羊角等。薄片，药界一般认定厚度为1mm～2mm，而建昌药帮片厚在0.4mm～1mm之间，有斜薄片、直薄片、圆薄片等。每类还有很诗意的名字，如斜薄片片面形似柳叶，称柳叶片；较柳叶片短小的，形如竹叶，称竹叶片；比竹叶片更短小的，形如瓜子，称瓜子片。从切出来的药材纹路形状看，可分为斜片和直片。一般斜片厚度在2mm～4mm之间，而建昌药帮切出的斜片比此还薄。直片也称顺片，顺药材之木纹而切或刨的片，片厚度2mm～4mm。性体肥大、组织致密、色泽鲜艳的药材可切直片。如大黄、天花粉、白术、附子、何首乌、防己、升麻等。在南城一带又流传说：“白芍飞上天、木通不见边、陈皮一条线、半夏鱼鳞片。”“半夏如蝉翼，玄胡像金片，附子飞上天，槟榔108片。”不管用什么语言表达，说的都是药片薄。

有一个流传很广的故事。福建某药店作坊来了位南城县的刀工，肩背切药刀，说他是一位刀工，能刀切片。于是他在该店住下，可一连四五天，白天不见他干活。按规矩前3天可不干活，但超过3天，要么拿着老板给的路费离开，要么留下干活。可是没有见到此师傅干活，也没见他有离开的意思。老板疑惑，问该师傅说："师傅已来了四五天吧，下步您打算如何?"师傅抬头看了一眼老板，用手指指旁边的一口大药缸说："你用手往水里捞捞看。"老板提起缸盖，只见满缸装着半夏，一个挤着一个地浮在水面上。他用手一捅，往下一捞。一声哗啦，半夏碎了，竟然是一片片薄如纸片的药片，放在手上一照，居然透明。老板脸色红一阵白一阵，知道错怪人，这是一位难得好师傅。他转向师傅，忙不迭地说："师傅在上，师傅绝技在身，我有眼不识泰山，得罪！得罪！"师傅可不吃他这套："老板不必多礼，此处不留人，自有留人处吧。告辞了。"说罢背起包袱出门而去。

讲这个故事，意不在说这个刀工师傅有多傲慢，而是说，切工在饮片炮制中有着重要地位，要引起重视。

嘴稳手稳身也稳

建昌药帮药工师傅收徒也是有讲究的。孩子快成年后，如果想待孩子长大后从事药业的，很多长辈愿将小孩送到德行好、技艺精湛的药工师傅处学习制药技术。但师傅不会轻易地收徒，先要对想入行的孩子进行一番了解。看小孩是否身强力壮，是否能吃苦耐劳，是否聪明活泼，是否做事有耐心与恒心。如果师傅对此小孩满意，就选个黄道吉日让孩子来拜师入门。

在吉日这一天，家长主动带领儿子，拿好鸡鸭鱼肉、烟酒糕点等礼品到师傅家拜谒。师傅办拜师酒。师傅端坐首席，作陪的有师兄弟、亲朋好友，菜必须丰盛，一般为八菜一汤或十菜一汤。入席前，还要举行隆重的拜祖师爷仪式。在堂前靠壁中央搁置药王爷画像或牌位，在香几上放上香炉、果品。师傅敬香后，徒弟三跪拜九叩首，恭敬恳请师傅能够悉心教艺、光耀师门。最后鸣炮，并向师傅、师母敬酒入席。当然师傅也要赠送与制药相关的礼物如工具等给徒弟，表达心意。师傅收徒后，首先教会他一些基本的工艺要点和做人做事的道理，比如要做到嘴稳、手稳、身稳等。嘴稳就是要少说话、不撒谎、别人说话不乱插嘴，不搬弄是非，以免祸从口出，造成麻烦。手稳就是干活时把稳工具，做到安全第一。身稳，品德端正，不生贪念，拾到东西交还失主，不偷不盗，不拿不该拿的东西，不争强好胜，不搞歪门邪道，不嫖不赌；要求徒弟要讲诚信，什么时候开工、什么时候完工、工程质量标准如何、价钱多少都必须有言在先，要兑现承诺，不能食言毁约，丧失信誉；做到老少不欺、讲究质量、热情服务。学徒一般为三年，第四年为帮徒。拜师学徒的第一年，往往只是帮师傅家做点杂活，如打扫、挑水、打扫卫生、清理污迹污物等；增添药屉里的各种药材，对于出售后剩下的药材细粹及时取出；如有缺货药材，及时造册登记，以便购买；处理不洁或霉变药材；掌握一些基本的技能技法，如复秤、包药包，了解一些行规等；熟悉一些炮制工具，如刀、炮等等；熟悉药柜及斗谱（饮片等的摆放）；辨识各类药材，了解药品性状。第二年是学艺阶段，学习一些洗、刨、切、润、炒等炮制方法；掌握中药药性，背熟药性歌诀。第三年是提高阶段，学习提高炮制工艺，学习按方抓药，学习经营药材的方法与商业规则。学习看懂处方，了解病症，了解药性及服药后的效果和不良反应。简单病症能给出药方，抓出药。学徒在三年学制期间，徒弟必须早起早到，打扫门面，做好一天开业的准备工作，再开门迎客。晚上打烊后最晚离开，收拾场面，关门等。天天如此，不可懈怠。只有新学徒进了师门，才能“晋升”为师兄，有些杂活则由新进师弟干，师兄要帮助师弟学习进步。学徒期间必须谨遵师教，做再多的事也不能拿工钱。但食宿由师傅负责，师傅酌情给点零花钱。三年即为学徒期满，可以离开师傅也可留在师傅身边工作。留在师傅身边工作的称为帮徒。可以跟在师傅身边进一步学习技艺，学习经营，师傅视徒弟技艺好坏，放手让徒弟独立做一些炮制加工，也会放手让他去承接业务，为徒弟出师门后能独立经营打基础。帮徒期间师傅必须付给徒弟工钱，一般都有一个熟练工的大半工钱。四年之后，师傅认为徒弟技已学成，能够自立门户，即可出师，徒弟可谢师而去。此时往往选定一个吉日，举行一个谢师仪式。师傅向徒弟反复交代今后从事该行的行规，然后将部分工具赠送给徒弟。师傅往往会专门备下一桌酒席，请同门师兄弟和其他徒儿共同为弟子出师饯行。“一日为师，终身为父”，出师后，徒弟一般视师傅如父亲，凡师傅家中大小事件都要鼎力相助；逢年过节都要备好礼物，看望师父、师母，直至他们谢世。

主要参考书目

[1] 龚居中，《红炉点雪》，上海科学技术出版社 1958 年版。

[2] 李修生，《全元文》，江苏古籍出版社 1999 年版。

[3] 李世华、王育学，《龚廷贤医学全书》，中国中医药出版社 1999 年版。

[4] 许敬生，《危亦林医学全书》，中国中医药出版社 2015 年版。

[5] 盛维忠，《陈自明医学全书》，中国中医药出版社 2005 年版。

[6] 黄宫绣，《本草求真》，中国中医药出版社 2008 年版。

[7] 曾鼎，《医宗备要》，陈勇毅、李军伟校注，中国中医药出版社 2015 年版。

[8] 曾鼎，《幼科指归》，黄颖校注，中国中医药出版社 2015 年版。

[9] 曾鼎，《妇科指归》，陈建仁校注，中国中医药出版社 2015 年版。

[10] 肖林榕、林端宜，《闽台历代中医医家志》，中国医药科技出版社 2007 年版。

[11] 黄有霖，《福建省政协文史资料选编医家类》，厦门大学出版社 2015 年版。

[12] 蔡鸿新，《闽台中医药文献选编：政协文史资料篇》，厦门大学出版社 2014 年版。

[13] 萨谦斋，《重订瑞竹堂经验方》，中国医药科技出版社 2012 年版。

[14] 唐廷猷，《中国药业史》，中国医药科技出版社 2001 年版。

[15] 何晓晖，《旴江医学文化》，中国中医药出版社 2018 年版。

[16] 炎继明等，《精通医药的明代文学家汤显祖》，《亚太传统医药》2006 年第 4 期。

[17] 杨卓寅，《江西十大名医谱（续）》，《江西医药》1983 年第 3 期。

[18] 鲁琪光，《同治建昌府志》，1872（同治十一年）刻本。

[19] 黎喆，《抚州府志》，1503（弘治十六年）刻本。

[20] 谢煌等，《抚州府志》，1876（光绪二年）刻本。

[21] 陈庆龄等，《临川县志》，1870（同治九年）刻本。
[22] 纪大奎等，《临川县志》，1823（道光三年）刻本。
[23] 郑浴修等，《金溪县志》，1870（同治九年）刻本。
[24] 邓家祺，《新城县志》，1870（同治九年）刻本。
[25] 鲁琪光，《南丰县志》，1871（同治十年）刻本。
[26] 谢煌等，《宜黄县志》，1871（同治十年）刻本。
[27] 胡芳杏，《乐安县志》，1871（同治十年）刻本。
[28] 梅体萱，《南城县志》，1873（同治十二年）刻本。
[29] 黄炳奎等，《崇仁县志》，1873（同治十二年）刻本。
[30] 郑浴修等，《金溪县志》，1870（同治九年）刻本。
[31] 曾毓璋，《广昌县志》，1867（同治六年）刻本。
[32] 彭钟华等，《泸溪县志》，1870（同治九年）刻本。
[33]《光绪明谷王氏族谱》，清光绪刻本。
[34]《太原王氏宗谱》。
[35]《嵩源危氏九修族谱》。
[36]《博溪李氏七修族谱》。
[37]《临川易氏统谱》。
[38]《龙岗黄氏族谱》。
[39]《抚州城西濠上陈氏族谱》。
[40]《黄柏封氏十一修族谱》。
[41] 饶聚昌，《白水许氏八修族谱》，2009 年版。
[42] 赵承恩，《红杏山房文稿》，1892（光绪十八年）刻本。

后　记

书稿即将付梓之际，令人激动又紧张。激动的是，作为盱江后学，有幸能为传播盱江医药文化略尽绵力，且以“故事”的形式书写成具有地域和行业特点的廉洁教育读本。为了适应当代大学生阅读习惯，我们选择了通俗化的书写方式，但是依然恪守严谨的学术性，力求让当代大学生准确感悟先贤高风遗德。紧张的是，担心自己的水平不及读者期望之万一，担心“故事”无法呈现先贤功德之万一。当然，与人类伟大实践相比，书写永远都是挂一漏万，就像无数盱江医学先贤，为保障生命健康，至精至诚，绵延瓜瓞，但其事迹最后落笔成文字的，同样不及万一。

本书最终能够与读者见面，首先要感谢学校领导。没有他们对盱江医学、建昌药帮研究的重视，就没有这部书稿。而且从选题、撰稿到审稿，学校领导都给予了悉心指导。其次要感谢盱江医药文化研究的前辈学者。盱江医药研究近40年，已经长成了参天大树。“高山仰止，景行行止。”以江西中医学院杨卓寅教授（已故），江西中医药大学何晓晖教授、谢强教授，国家级名老中医黄调钧，江西中医药高等专科学校邓棋卫教授等为代表的一代代学人筚路蓝缕。本书得益于他们的开拓，吸纳了他们的成果。再次，要感谢无数为我们提供线索、资料的热心人士。比如金溪县方志办曾铭先生、临川区罗湖中学黄海龙老师、临川区东馆镇人大主席徐光明先生、临川区唱凯镇白水许家村许春芳先生等。他们或提供医家、医籍线索，或贡献家谱、文集资料，有求必应，不厌其烦。最后，要感谢江西高校出版社领导和编辑老师对我们的帮助。正因为有了他们认真负责的职业精神，对文稿的精心打磨，书稿的质量才有了很大提升。还有许多朋友为本书的写作、出版或提出宝贵建议，或付出了辛苦的劳动与汗水，在此一并表示谢意。总之，本书是“集体”创作成果，我们只是有幸忝为执笔者。

由于时间仓促，加上我们水平有限，书中难免有不少错讹，敬请广大读者原谅，并批评指正。

编著者

2022 年 11 月